Focus Junior

I · ROMANZI · DEL

PROFESSOR FOCUSSEN

2. LA ROSA DEI VENTI

Alessandro Gatti · Manuela Salvi

Illustrazioni di Fabiano Fiorin

MONDADORI

Coordinamento editoriale: Ilaria Stradiotti
per copia&incolla s.n.c., Verona
Art director: Fernando Ambrosi
Progetto grafico: Anna Iacaccia e Stefano Moro
Impaginazione: Anna Iacaccia
Illustrazioni: Fabiano Fiorin
Colorazione: Michele Frigo

In copertina: illustrazioni di Fabiano Fiorin
Per le icone sul piatto di copertina:
© 2012 AKaiser, © 2012 Makhnach e © 2012 lukeruk,
su licenza di Shutterstock.com
Per le immagini in quarta di copertina:
© 2012 fritz16 e In-Finity,
su licenza di Shutterstock.com

www.ragazzi.mondadori.it

Prima edizione aprile 2012
Stampato presso Mondadori Printing S.p.A.
Stabilimento di Verona
Printed in Italy
ISBN 978-88-04-61819-5

Vita da Smart Camp

— Dobbiamo davvero fare surf? È uno scherzo, eh?

Mark Foster, gli occhiali calati sul naso e i capelli arruffati, guardò la sua gemella Maddie con espressione preoccupata.

— Sembra di no — rispose lei con un sospiro.

Il professor Focussen, nel consueto costume giallo fosforescente con grossi mirtilli blu stampati sopra, se la stava spassando un mondo. Aveva tirato fuori delle tavole da surf di sua invenzione e le stava mostrando a Shiva e a Quasar, gli altri due geni undicenni che, assieme a Mark e a Maddie, erano stati ammessi allo Smart Camp.

— Se avvistate un banco di pesci, mentre surfate, spingete questo pedale d'emergenza sulla tavola — spiegò con aria serissima.

— A cosa serve? — chiese Quasar, così mingherlino che la tavola sembrava dieci volte più grande di lui. — È uno speciale richiamo?

— Non esattamente — rispose Focussen. — Aziona una rete da pesca proprio qui sotto. Io adoro il pesce fritto. È per questo che faccio surf.

Mark alzò gli occhi al cielo.

— Ehi, ragazzi! — li chiamò Shiva. — Non statevene lì impalati. Venite a fare un tuffo con noi.

Con un sospiro, i due gemelli raggiunsero i compagni e Focussen.

— Sapete cosa dicevano gli antichi? — esclamò il professore, eseguendo alcune flessioni sulle ginocchia che causarono sinistri scricchiolii di ossa. — *Mens sana in corpore sano.* Che significa più o meno: muovi le chiappe, non solo le cellule cerebrali. — E dopo questa perla di saggezza, afferrò la sua tavola e corse incontro alle onde gridando: — Yahoo! — che era un grido esultante oppure un motore di ricerca.

Mark e Maddie se la cavarono come poterono.

Stare in piedi su una tavola da surf, in balia delle onde, non era affatto semplice. Com'era possibile che ci riuscissero persone prive di qualsiasi genialità e invece per loro, che a scuola avevano tutti dieci, era un'impresa eroica?

— Potreste fare gli *stuntmen*! — esclamò Shiva, passando loro accanto in perfetto equilibrio su un'onda altissima. — Cadete proprio alla grande!

In effetti Mark era caduto di testa, di pancia, di schiena e di lato, imitato da Maddie che, a un certo punto, aveva addirittura fatto una specie di piroetta nel tentativo (vano) di tenersi in piedi.

— Prof — chiese la ragazzina quando tornarono sulla spiaggia — non sarebbe ora di darsi da fare con la seconda tappa?

Focussen scosse via l'acqua dai capelli rossi e ricci, schizzando chiunque si trovasse nel raggio di cento metri. — I palloncini sgonfi non vincono le gare — sentenziò.

Mark e Maddie si guardarono, perplessi.

— Ci vuole svago, riposo, un'alimentazione equilibrata e almeno una doccia al mese per essere in forma — elencò Focussen, lasciandosi cadere sulla sabbia. — Godetevi la spiaggia dello Smart Camp e cercate di abbronzarvi un po'.

Tirò fuori della roba che sembrava crema solare, ma che aveva un inquietante color escremento, e cominciò a spalmarsela sul corpo con grande vigore.

— E ora fate silenzio, per favore — disse poi. — Ho bisogno di riflettere su alcune questioni della massima importanza.

Un secondo dopo, si sentì un sonoro russare: il professore stava dormendo alla grande con la pancia al sole.

I quattro ragazzi si distesero vicini, guardando il mare.

Forse Focussen aveva ragione, bisognava affrontare le cose con calma. Godersi il momento e raccogliere le energie.

— Che ne dite di costruire un castello di sabbia gigantesco? — propose Maddie. — Con sistema idrico integrato e un congegno per l'energia eolica?

— Non male come idea. Mettiamoci all'opera! — esclamò Quasar.

Lavorando insieme, si raccontarono un po' le loro vite, visto che fino a quel momento non ce n'era stato il tempo.

— Io e Maddie abbiamo un problema con un ragazzo più grande, Tommy Branigan — spiegò Mark, pensieroso. — Dobbiamo consegnargli le nostre paghette, altrimenti ci riempie di botte.

— Perché non ne parlate con i vostri genitori? — chiese Quasar, modellando la torre nord.

— Non vogliamo che ci mettano in una scuola speciale — rispose Maddie. — Loro già pensano che non sappiamo cavarcela granché in mezzo alle persone normali.

— Allora dovreste venire a casa mia — intervenne Shiva, aggiungendo sabbia per il muro di cinta. — Lì non c'è niente di normale. Con otto fratelli e sorelle più piccoli, ho dovuto proteggere la mia camera con un sistema d'allarme.

— A me piacerebbe avere dei fratelli o delle sorelle — commentò Quasar. — Adesso che i miei sono dispersi nello spazio, almeno non sarei solo.

La costruzione del castello fu davvero faticosa. Ognuno ci mise il massimo impegno per non pensare ai problemi a casa.

Poi, proprio mentre stavano per sdraiarsi e imitare Focussen, una sirena da allarme antiaereo risuonò per la spiaggia, costringendoli a tapparsi le orecchie con le mani.

UAAAAAAAAAAAAAAAAAAAAAAAAAA

UAAAAAAAAAAA

— Che diavolo è? — gridò Shiva.

— Forse è l'allarme antincendio — strillò Maddie, ma non si vedeva fumo da nessuna parte.

In quel momento, Focussen balzò in piedi gridando: — Scendete nei rifugi! Preparate le armi! L'attacco è cominciato! — Poi si guardò intorno, si ricompose e sorrise. — Oh, niente di così grave, per fortuna. Nessun attacco, soprattutto di cuore.

— Non può farlo smettere? — chiese Quasar.

UAAAAAAAAAAAAAAAAAAAAAAAAAA

— Smetterà solo quando saremo in sala computer — rispose il professore, avviandosi a piccoli balzi. — È piuttosto indigesto, lo ammetto, ma estremamente utile: perché adesso sappiamo che qualcuno ha superato l'ostacolo, là a Stonehenge.

Misteri a palate!

Il fatto è che lo Smart Camp non funzionava come il solito campo estivo per undicenni iperattivi, ma era una speciale struttura per giovani geni dalla mente inarrestabile.

E i suddetti geni vi erano appena tornati dopo aver portato brillantemente a termine la prima tappa della Mystery Race: erano volati a Londra a bordo del pirigibile del professor Focussen – il bizzarro direttore del campo, nonché esimio scienziato – e avevano risolto i vari enigmi fino a giungere alla soluzione finale.

Il tutto sbaragliando le altre squadre in gara e senza mai barare.

A metà percorso verso la sala computer, nel mezzo della foresta sottovetro – un microhabitat tropicale ricreato sotto una cupola trasparente – il professor Focussen si bloccò come colto da un'idea improvvisa.

Rimase immobile, congelato.

— Professore, che succede? — chiese Mark, guardandosi intorno. L'ultima volta che erano passati da lì, avevano beccato un pipistrello-spia dei ragazzi del gruppo KZ, gli acerrimi nemici dello Smart Team a causa di un vecchio screzio tra Focussen e la loro direttrice, Kendra Ziffel. Durante la prima tappa, quei brutti ceffi avevano provato più volte a metter loro i bastoni tra le ruote, usando qualsiasi mezzo illecito.

— Sente qualcosa di strano? — aggiunse Quasar, preoccupato.

— Oh, sì — gemette il professore, ancora bloccato in posizione innaturale, come se fosse stato fotografato in corsa.

— Pensa ci sia pericolo? — sussurrò Maddie, evitando di fare movimenti bruschi. Ricordava bene che nella foresta c'erano anche diverse specie di bestie feroci.

— L'unico pericolo concreto, almeno per me, è che mi crescano delle liane addosso e io scompaia inghiottito dalla vegetazione — rispose. — A meno che voi non vi decidiate a fare qualcosa invece di cincischiare.

— Ehm, ragazzi — disse Shiva. — Mi sa che si è bloccato di nuovo. Tutte quelle flessioni e le capriole sott'acqua non gli hanno fatto bene alla schiena.

— E adesso che facciamo? — chiese Mark, impaziente. Stavano perdendo tempo prezioso. Almeno un'altra squadra aveva risolto l'enigma ed era già in corsa per il nuovo indizio.

— Userete il teletrasporto — propose Focussen, giocherellando con l'orologio che aveva al polso.

— Lei ha inventato il teletrasporto? Sul serio? — esclamò Maddie, spalancando gli occhi. Sarebbe stato fantastico poter arrivare ovunque in un batter d'occhio. Ma se Focussen possedeva un mezzo simile, come mai non…

— Avvicinatevi, vi mostro come si fa. — Il professore interruppe i suoi pensieri. — Tu, Quasar, attaccati alla mia gamba sinistra. E tu, Shiva, a quella destra. Voi gemelli, invece, datemi la mano.

Era una scena piuttosto imbarazzante.

— Concentratevi — continuò il professore, e tutti trattennero il fiato, emozionati. — E ora... uno... due... tre! SOLLEVATE!

I ragazzi si guardarono tra loro, sospirando.

— Ehi! Questo non è affatto teletrasporto! — protestò Shiva, delusa. — Non vorrà mica che la portiamo in braccio?

Non ci fu altro da fare.

Il teletrasporto di Focussen prevedeva: un trasporto a braccia e un televisorino da polso che lui poteva guardare per ingannare l'attesa.

— Danno un programma di cucina tirolese — raccontò. — Cercate di non sballottolarmi troppo, altrimenti non riesco a vedere la preparazione dei canederli.

Shiva, genietto dell'informatica ma anche campionessa di kickboxing, avrebbe voluto fargli vedere qualche altra cosa – tipo un pugno molto ravvicinato – ma era troppo impegnata ad ansimare e sbuffare per poter fare altro.

Focussen pesava una tonnellata!

Alla fine giunsero in sala computer e poterono adagiarlo, con un immenso sospiro di sollievo, su una poltrona girevole, davanti allo schermo principale.

— Computer, aggiornaci sullo stato della Mystery Race — ordinò Focussen col comando vocale, che subito stoppò l'allarme.

— Lo Smart Camp è ancora in vantaggio, ma arrivano notizie sui fratelli Fujitomo. Pare abbiano risolto l'indizio e stiano rientrando alla base, a Kyoto — rispose una voce familiare. — Il gruppo KZ sta preparando loro un'imboscata all'aeroporto.

— Questo ci darà un po' di tempo — commentò Focussen. — E ora, computer, portaci del tè e dei tramezzini alla paprika, se non ti dispiace.

— Affatto — rispose il computer. Un attimo dopo, si aprì una porticina accanto allo schermo e uscì Humperdinck, il braccio destro del professor Focussen, con un vassoio da tè in mano. — Il gruppo dei vichinghi svedesi è invece ancora in panne a Stonehenge — aggiunse mentre serviva tazze e sandwich.

— È giunto il momento di inserire la password — concluse Focussen, infilando un dito nel tè per saggiarne la temperatura. — Mark, vuoi pensarci tu?

— Sono io la maggiore! — intervenne Maddie, piccata. — Dovrebbe spettare a me, non crede?

— Siamo *gemelli*! — le ricordò Mark. — Sei maggiore solo un minuto.

— Alt alt alt! Io di solito preferisco il minore

dei mali — intervenne Focussen, facendo comparire davanti a sé una tastiera-ologramma. — Perciò ci penserò personalmente mentre voi discutete delle vostre importanti questioni familiari.

I gemelli Foster tacquero, delusi. Maddie pizzicò Mark dietro la schiena, di nascosto, e lui come al solito le pestò il piede con un movimento fulmineo. Le loro discussioni finivano sempre nello stesso modo.

Focussen si collegò al sito della Fondazione Braynes e inserì la password ricavata dall'ultimo indizio: Couscous.

Lo schermo blu lampeggiò per alcuni istanti, poi apparve l'icona di una grossa busta da lettere con scritto: Secondo enigma.

Il professore ci cliccò sopra due volte, svelando il nuovo indizio, che comparve a grosse lettere sul monitor.

Ecco le tetraedriche meraviglie del Nilo!
Considerate fra esse la più maestosa
e lo spigolo da Caurus preferito,

egli vi indicherà un cammino così lungo
da spezzare il cuore.

Ma dopo tanto viaggiare siate saggi
e fermatevi a chieder consiglio
all'uomo più illustre del luogo:
la sua idea più alta vi illuminerà.

Badate bene, però, poiché
senza l'aiuto di Boreas mai troverete
il bizzarro, profondo colore
che il gran segreto vi potrà svelare.

Il professor Focussen, per nulla turbato dall'incomprensibilità dell'indovinello che aveva davanti, aprì un cassetto e tirò fuori una gran quantità di torce elettriche. Le distribuì ai ragazzi, i quali non capivano dove volesse arrivare.

— Cosa ce ne facciamo?

— Luce! Ci vuole luce sul mistero! — gridò Focussen. — Perché queste, ragazzi, sono le parole più oscure che io abbia mai letto in vita mia.

Il più bel suono che ci sia

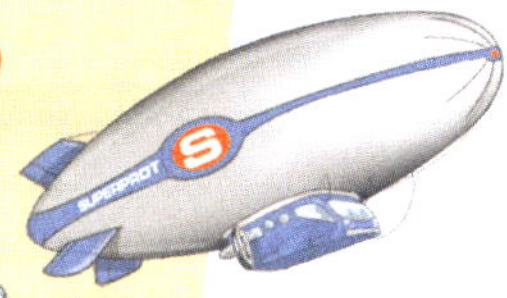

— Oh, ma l'inizio è facilissimo — esclamò Mark, eccitato. — Si tratta della Piramide di Cheope. Quando partiamo? Subito? — Le piramidi e la misteriosa Sfinge erano ovviamente il massimo per un aspirante archeologo come lui.

— Partire è un po' morire, mio piccolo amico, e noi vogliamo restare vivi il più a lungo possibile — commentò Focussen accarezzandosi la barba che non aveva. — Bisogna risolvere prima tutto l'enigma e poi impostare la rotta.

Mark assunse un'espressione delusa. — Io lo so che cos'è lo spigolo preferito da Caurus — disse. — Ce l'ho sulla punta della lingua.

— Attento a non ingoiarlo, allora — ribatté Focussen, allarmato. — Uno spigolo giù per la trachea è piuttosto inopportuno, e i tuoi genitori mi farebbero causa.

— È che... non riesco a focalizzarlo nella mente — aggiunse Mark, chiudendo gli occhi per concentrarsi. — È come un ricordo annebbiato di qualcosa che ho studiato.

Il professor Focussen si infilò i suoi telepattini, si alzò dalla sedia piegato a 30 gradi e si radiocomandò fuori dal laboratorio informatico, lasciando i ragazzi a scervellarsi da soli.

— Caurus sembra un nome latino — ragionò Maddie mentre si rivestivano. — Ma non ricordo nessun personaggio che portasse quel nome.

— Perché, tu ti intendi di letteratura latina? — chiese Shiva, inarcando un sopracciglio.

— Letteratura e mitologia — specificò Maddie. — Con una preferenza per il periodo imperiale.

— Io invece ho una preferenza per la pizza — ironizzò l'altra, già stufa di tutto quel parlare di libri. Era un genio anche lei, certo, ma solo in quello che funzionava premendo un interruttore. E pertanto leggeva esclusivamente i libretti delle istruzioni.

In quel momento, si sentì un gran trambusto di oggetti di metallo rimestati e scagliati a terra, come se un esercito di bidoni della spazzatura stesse traslocando. Un attimo dopo, il cigolio delle rotelline dei pattini di Focussen segnalò il suo rientro in scena. Solo che questa volta teneva tra le braccia un grosso casco da parrucchiere che piazzò sul tavolo davanti ai ragazzi.

— Ecco qui — esclamò, giubilante. — La soluzione ai problemi di Mark.

Quasar arricciò il naso. — A cosa serve?

— A rifargli la messa in piega — rispose Shiva, ridendo. — D'accordo che i capelli di Mark sono inguardabili, ma le pare il momento, prof?

— Si tratta di un denebbiatore di pensieri, miei cari geni atrofizzati — spiegò lui, infilandolo in testa a Mark, che cercava di sottrarsi. — Due minuti e avremo il ricordo del nostro amico fresco di bucato.

— È a norma di legge, professore? — chiese Maddie. Suo fratello meritava senz'altro una lezione, ogni tanto, ma vederlo elettrificato dalla diavoleria di uno scienziato svitato era forse un tantino eccessivo.

— Sicurissimo! — rispose Focussen. Poi schiacciò un pulsante e spinse Mark sulla poltrona girevole. — Rilassati e pensa, pensa e rilassati... cooosì...

— Senti niente? — chiese Shiva, studiando il casco asciugacapelli con aria curiosa. Cosa non avrebbe dato per poterlo smontare e vedere come funzionava!

— Mi sembra di sì — rispose Mark. — È come un tepore... mi massaggia i capelli... mi sembra di... sì... ZZZZZZZzzzzzzzzzzzzzzzzzzzzzz.

— Mark?

— Sta dormendo!

— Ehi, amico, svegliati. Non abbiamo tempo per questo.

— Faccia qualcosa, professore. Lo svegli!

— Non credo sia possibile — rispose Focussen, mettendosi dello smalto giallo che aveva tirato fuori dalla tasca del camice su un'unghia sì e una no. — Purtroppo non sono mai riuscito a elimina-

re questo effetto collaterale. Quando si sveglierà, di sicuro saprà darci la risposta. Ma per adesso, se la dorme alla grande.

Maddie si morse la lingua per non rispondergli male. Non si sarebbe mai abituata ai suoi modi bizzarri!

E tuttavia, le venne da ridere quando lesse l'etichetta dello smalto: SMALTO FOSFORESCENTE – PER MANGIARSI LE UNGHIE ANCHE AL BUIO.

— Sentite, quando c'è un dilemma da risolvere — suggerì Shiva, piazzandosi al computer — basta digitarlo su un motore di ricerca, no?

E così fecero.

CAURUS

Il nuovo modello della Pord! Veloce come il vento, sinuosa come l'aria che fende nel silenzio della natura, pulita perché elettrica...

— Che diavolo è? — disse Shiva, perplessa.

— È un'auto elettrica — esclamò Maddie, felice che Braynes avesse inserito un indizio eco-

logico. — Significa riduzione della CO_2 emessa risparmio sui consumi e zero rumore. È la macchina del futuro e…

— Ehi, ha ragione tuo fratello — la interruppe Shiva. — Stai ricominciando con l'ecosolfa. Dacci un taglio.

— Dovete scorrere la pagina — intervenne Quasar, timidamente. — Non bisogna mai fermarsi ai primi risultati quando si fanno ricerche su internet.

— Se lo dici tu — borbottò Shiva, scorrendo. Si fermò su un link interessante e ci cliccò sopra. — Vi va bene un dio greco?

— Egizi e Greci, dite che c'entrino qualcosa? — chiese Maddie, dubbiosa.

— IL DIO DEL VENTO DI NORD-OVEST! — gridò Mark, svegliandosi di soprassalto e facendo quasi venire un infarto ai suoi amici.

Focussen, per lo spavento, si pennellò il naso con lo smalto giallo e per poco non se lo infilò anche nell'occhio. — Santo cielo, ragazzino! — esclamò. — Un po' di rispetto per chi si dedica

a futili attività mentre voi fate tutto il lavoro!

— L'angolo preferito da Caurus è quello di nord-ovest. Bisogna individuarlo sulla piramide di Cheope — aggiunse Mark, riprendendo fiato.

— Okay, mi intrufolo nel sito dell'Esercito e controllo le mappe militari. Sono le più precise — disse Shiva, digitando sulla tastiera come una pianista pazza.

— E se l'indizio si riferisse al cielo e non alla Terra? — replicò Quasar. — Potrei andare all'osservatorio astronomico a controllare.

— Va bene, dividiamoci — concluse Maddie. — Io e Shiva guardiamo le mappe, mentre voi due pensate alle stelle.

Mark e Quasar schizzarono verso l'osservatorio e il professor Focussen chiamò Humperdinck per un altro spuntino.

— Non senti questo rumore, collega? — gli chiese mentre masticava banane caramellate.

— Quale rumore?

— Sono cervelli. Cervelli al lavoro. Il più bel suono che ci sia.

Faccia d'angelo, cuore di diavolo

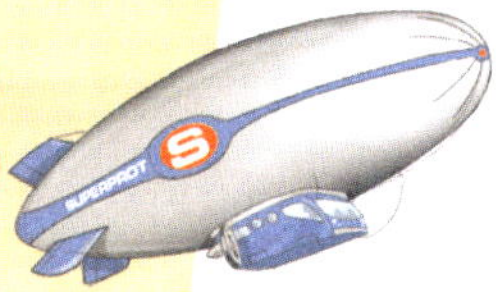

All'aeroporto internazionale di Londra, in quel momento, c'era un problema di scarpe all'entrata dei gate, bloccata a causa di un gruppo di giapponesi decisamente arrabbiati e senza dubbio scalzi.

Indossavano i calzini più assurdi che si fossero mai visti – sulla punta avevano davvero le dita, e sopra c'erano stampati disegnini buffi di animaletti manga di qualche cartone animato – ma non sembravano vergognarsene affatto.

— Signori, calmatevi — stava dicendo la guardia inglese, il manganello già alla mano. — Le vostre scarpe sono irregolari. Seguitemi da questa parte, per favore.

— Non sappiamo di cosa parla — rispose l'unico adulto del gruppo. — Io sono Isao Fujitomo e questi sono i miei nipoti. Dobbiamo imbarcarci immediatamente per Kyoto.

La guardia sospirò e prese una scarpa tra quelle ammucchiate sul bancone di metallo delle perquisizioni.

— Mi vuole dire che lei non sa niente di *questo*? — chiese, mostrando come il tacco si aprisse e nascondesse uno scomparto segreto. — Dentro c'erano dei cotton fioc. Noi non possiamo sapere quale uso terroristico stavate per farne. Dobbiamo considerarlo un attentato alla sicurezza e, perciò, trattenervi tutti per accertamenti.

— Le ripeto che non so nulla di quello scomparto — insistette Fujitomo, ormai paonazzo. — Ci hanno rubato le scarpe, in albergo, e queste ce le siamo fatte recapitare da un negozio.

— Può indicarmi il nome del negozio? — domandò la guardia, pensando che mancava poco alla fine del turno e che finalmente avrebbe potuto prendere una pillola contro il mal di testa.

— È scritto qui, sullo scontrino — rispose Fujitomo, frugando nella giacca. Tirò fuori il pezzo di carta che aveva infilato in tasca in fretta e furia dopo aver pagato il fattorino e glielo porse.

— È uno scherzo? — esclamò l'altro, veramente seccato.

— Cosa intende?

La guardia girò lo scontrino per mostrarlo al giapponese.

Sul pezzo di carta era scritto a mano:

> Con queste scarpe potete andare a piedi
> fino a Kyoto. Ed è quello che farete!
> AHAHHHAHAHHHA

— Ma cosa...? — borbottò Fujitomo, confuso.

In quel momento, dalla corsia accanto, sbucarono dei ragazzini con un giubbotto blu su cui campeggiava il monogramma KZ ricamato in verde acido.

Dietro di loro, con un impeccabile tailleur grigio, lo chignon e un cerotto sul naso frutto di una recente colluttazione con il professor Focussen, veniva Kendra Ziffel, la direttrice del Campo KZ.

— Sono loro! — gridò Fujitomo, agitando le braccia. — Sono stati loro!

— Adesso si calmi, per favore — replicò la guardia, spazientita. Tirò fuori un paio di manette e le agganciò ai polsi dell'uomo che continuava a inveire contro quell'innocente squadra sportiva di ragazzini con la loro allenatrice.

I quattro ragazzi Fujitomo, ancora liberi da impedimenti, si misero in posizione di attacco ju jitsu e digrignarono i denti verso il gruppo KZ.

Si fece avanti Madeleine, nel suo più bel vestito di pizzo rosa sotto il giubbotto blu. Batté le lunghe ciglia, scosse i boccoli biondi, e gli occhioni azzurri le si riempirono di lacrime. — La prego, signora guardia — gemette. — Ci protegga da questi bruti che vogliono attaccarci senza motivo. Sono *così* spaventata!

Alla guardia si strinse il cuore. Aveva davanti la ragazzina più minuta e graziosa che avesse mai visto, e quei ragazzacci sembravano seriamente intenzionati a prendersela con lei!

— Questo è troppo! — esclamò. Afferrò il fi-

schietto che aveva al collo e lo fece risuonare in un fischio luuuuungo e penetrante.

Immediatamente comparvero una mezza dozzina di guardie che ammanettarono tutti i Fujitomo e li portarono via, ignorando la raffica di insulti in giapponese che usciva dalle loro bocche.

— Come ti chiami, bella bambina? — chiese la guardia che aveva fischiato.

— Madeleine. La ringrazio tanto per il suo aiuto — rispose la ragazzina in rosa. — Potrebbe farmi l'autografo sul diario? Lei oggi è il mio eroe.

La guardia firmò arrossendo fino alla punta delle orecchie e un attimo dopo la commedia era finita. Il gruppo KZ si rifugiò in un fast food ad attendere l'apertura del gate e Socket poté sfilarsi quell'orribile vestito rosa. Sotto aveva una maglietta con un teschio disegnato sopra.

— Sapete che odio usare il nome Madeleine che mi hanno dato i miei genitori — disse. — Nel prossimo piano, vedete di non includere questa cosa, chiaro?

Gli altri annuirono, ingozzandosi di hamburger.

Sapevano che adesso si passava alla fase B e non erano previsti scontri frontali.

Peccato.

Perché una lezione dal vivo a quegli sbruffoni dello Smart Camp gliel'avrebbero data volentieri.

Un puntino in mezzo all'universo

Mark e Quasar entrarono di corsa nel meraviglioso osservatorio astronomico dello Smart Camp. Da quando erano arrivati lì, Quasar ci aveva pensato spesso, soprattutto aveva ripensato a una frase del professor Focussen durante la prima visita al campo: «Con il telescopio dello Smart Camp è possibile ritrovare uno spillo perso nello spazio. Figuriamoci due esseri umani con tanto di tuta da astronauta!»

Erano proprio due esseri umani quelli che Quasar cercava. Per l'esattezza, i suoi genitori.

— Tu sai come si usa? — gli chiese Mark, osservando la complicata strumentazione che stava davanti a loro.

— Sì. I miei mi portavano all'osservatorio quan-

do ero ancora nella culla — rispose lui, sedendosi davanti al mirino dell'immenso telescopio che bucava il soffitto sferico e puntava verso il cielo.

— Mi sono sempre domandato cosa ci sia di così entusiasmante nello starsene fermi a osservare dei puntini luminosi in mezzo al buio — commentò Mark, gironzolando. — È un po' come la pesca. Stai lì e non succede nulla.

— Invece è come per i tuoi reperti, in realtà — rispose Quasar, accostando l'occhio al mirino col cuore che gli batteva forte. — In un'iscrizione antica che per tanti non significa nulla, tu puoi vedere il passato. Così nel cielo gli astronomi fanno lo stesso. Studiano l'evoluzione dell'universo e cercano di prevedere cosa accadrà in futuro.

— Oh, messa così la fai sembrare interessante — replicò Mark. Non aveva mai pensato che la storia dell'umanità potesse essere scritta in altro posto che non fosse seppellito sotto strati di roccia e fango.

Quasar impostò le coordinate dopo aver velocemente calcolato la direzione dell'angolo di ponente della Piramide di Cheope. Subito dopo si dedicò all'osservazione del cielo in religioso silenzio.

Così religioso che Mark rischiava di addormentarsi di nuovo, come sotto il casco denebbiatore di Focussen.

— Trovato niente? — chiese dopo un po'.

— No, non ancora.

— Allora andrò a vedere a che punto sono le ragazze. Magari loro hanno già trovato qualcosa e quindi sarebbe inutile starsene qui.

In sala computer, in effetti, c'era una certa agitazione.

Shiva sembrava decisamente felice. Maddie un po' meno. — A cosa pensi ci possa servire un progetto top secret per un nuovo satellite, Shiva? — stava dicendo, picchiettando il piede sul pavimento.

— Per riuscire a scaricarlo, bisogna bypassare un triplo firewall composito e usare un meta-generatore di password alfanumeriche! — spiegò lei, come se fosse una risposta logica.

— Sì, ma perché non ci concentriamo sulle mappe? — insistette Maddie. — Quelle che hai tirato giù sono un impasto indecifrabile di pixel. Non si capisce nulla!

— È un problema di rendering — rispose Shiva, alzando le spalle. — Ci servirebbe un computer più potente, forse.

Mark levò gli occhi al cielo. Con tutte quelle strumentazioni ipersofisticate stavano solo perdendo tempo. Si diresse perciò alla biblioteca dello Smart Camp, una stanzetta minuscola che conteneva però centinaia di migliaia di libri elettronici, custoditi all'interno di microchip. Digitò la richiesta sul terminale – ATLANTE GEOGRAFICO – e poi premette il pulsante per averne una copia stampata *on demand*.

La macchina si agitò, tremò e prese a sbuffare come una pentola a pressione. Per un attimo Mark pensò che sarebbe stato meglio adattarsi alla versione digitale, per quanto più complicata da segnare con una matita, ma poi il rumore cessò, si aprì uno sportellino e uscì l'Atlante rilegato in ecopelle.

A quel punto, con il libro caldo di stampa tra le mani, non gli restò che recuperare dalla stanza comune i preziosi strumenti: goniometro, compasso e squadrette.

— Uuuuh! — esclamò Focussen quando lo vide tornare nella sala computer. — Dove hai trovato quei meravigliosi reperti archeologici?

— Non sono reperti archeologici — sbuffò Mark. Si sedette al tavolo e cominciò a ragionare sulle coordinate che avevano. "Nord-ovest, partendo dall'Egitto. Si traccia una linea lunga con la matita, fino al bordo della pagina. Poi si controllano tutti i posti che sono finiti sotto la grafite... più semplice di così!"

Un cammino così lungo da spezzare il cuore. Mark pensava e ripensava a quella frase, quando si imbatté in un paesino francese chiamato Crève-Coeur.

— Prof, lei sa il francese?

— Direi di no. Ma conosco il finlandese e l'australopiteco.

Mark ridacchiò. Il professore era davvero strampalato, e chissà come aveva fatto a diventare un grande scienziato. Comunque, bastò digitare il nome del paese su un dizionario online e subito arrivò la risposta. *Crève-Coeur: Crepacuore. Da spezzare il cuore.*

— Dobbiamo andare in Francia! — gridò, felice di aver trovato la soluzione.

— In Francia? Vado a tirare fuori il mio basco francese e la baguette da viaggio — esclamò Focussen, entusiasta. E uscì sui pattini canticchiando "La vie en rose".

— Io corro ad avvisare Quasar. Fate le valigie,

e dite a Humperdinck che prepari il pirigibile — aggiunse Mark.

Non lasciò il tempo per le spiegazioni. Sentì solo Maddie che gli gridava dietro: — Microbo, ma che stai blaterando… — ed era già all'osservatorio.

— Ehi, ho trovato la soluzione! Dobbiamo andare in Francia — esclamò. — Puoi scollarti da quel coso…

Si interruppe. Quasar aveva gli occhi spalancati e una smorfia non traducibile né in riso, né in pianto. — Anch'io ho trovato qualcosa.

— Di che parli? — chiese Mark, tirandosi gli occhiali sul naso. La soluzione si trovava in Francia, affacciata sull'Atlantico. E allora che cosa poteva mai aver trovato Quasar fra le stelle e i pianeti?

— Lo vedi quello? — Quasar indicò un puntino tra mille altri sul megaschermo che riproduceva le immagini catturate dal telescopio. — Credo sia la navicella dei miei genitori.

La ricetta della vendetta

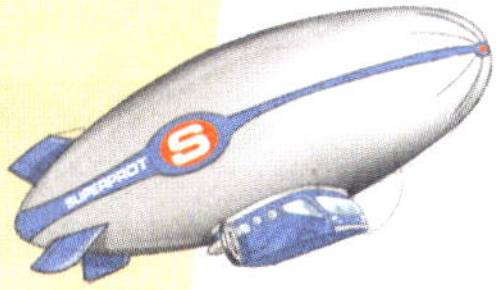

Caro diario,
siamo in partenza per la Francia. Non ci posso credere!

Mark è deluso perché ha sperato fino all'ultimo di andare in Egitto a vedere le piramidi, ma noi siamo contenti che abbia trovato la soluzione alla prima parte dell'enigma.

Certe volte è davvero meno stupido di quello che sembra… Ha scovato un paesino che si chiama Crepacuore e adesso non resta che trovare l'uomo illustre…

Maddie stava scrivendo sul suo diario di bordo digitale, quando un grido tarzanesco la interruppe bruscamente. Era il professor Focussen che lanciava il suo richiamo per la cena. Certo, le nutripappe non erano allettanti, ma che fame dopo tutto quel pensare! Così Maddie lasciò il computer acceso e corse in sala mensa insieme agli altri.

Quasi tutti gli altri, in realtà.

Quasar era ancora chiuso nell'osservatorio, concentrato su quel puntino che lui era certo essere la navicella dei suoi genitori.

— Con tutte le cose che si sono perse nello spazio, è stato fortunato a ritrovare le sue — commentò Focussen, azionando la macchina-proboscide che sputava fuori poltiglie nutrienti dai colori improbabili. I ragazzi avevano almeno imparato a ordinare un solo piatto, in modo da non ritrovarsi un unico frullato di primo, secondo e dolce. — Comunque, è davvero strano. Io ci ho messo anni a liberarmi dei miei genitori e lui invece li rivuole indietro — aggiunse il professore.

— Nessuno vuole liberarsi dei propri genitori — osservò Mark.

— Oh, ti sbagli — replicò Focussen. — Lo faresti anche tu se i tuoi volessero farti diventare un ballerino di danza classica e tu avessi il quarantasei di scarpe.

I ragazzi scoppiarono a ridere al pensiero di Focussen in tutù.

— Dobbiamo affrettarci e partire quanto prima — annunciò Humperdinck, entrando nella mensa con un dessert assolutamente normale. Sapeva sempre quando era il momento di intervenire per limitare le pazzie di Focussen. — Il pirigibile è pronto — aggiunse, servendo budino alla fragola in quantità industriale.

— Non so se riuscirete a scollare Quasar da quel telescopio — osservò Mark, dubbioso.

Humperdinck scambiò un'occhiata eloquente col professore, il quale rispose con due alzate di sopracciglia e una strizzata d'occhio. Doveva essere un qualche codice segreto cui gli altri non badarono. Focussen era talmente bizzarro che a volte non si faceva nemmeno più caso alle sue stranezze.

Humperdinck comunque scivolò fuori dalla mensa e raggiunse Quasar all'osservatorio.

— Guardi qui! — esclamò il ragazzino non appena lo vide. — Ho scattato una foto e ingrandito l'immagine! È proprio la A-pollo 64!

Sullo schermo del sofisticato computer dell'osservatorio campeggiava un'immagine molto confusa e pixellata di quella che sembrava una navicella spaziale bianca.

— Ne sono felice. Per questo sono venuto a proporti un patto — disse Humperdinck, tirando fuori una tessera di plastica rossa. — Ecco uno speciale pass per l'Archivio Claudicante di Focussen. L'archivio delle invenzioni zoppe, per così dire. Ho il permesso di farti entrare.

— Cosa dovrei farci con un'invenzione zoppa? — chiese Quasar. Non voleva allontanarsi dal telescopio proprio adesso, men che mai per vedere roba malfunzionante.

Humperdinck però gli fece cenno di seguirlo e lui obbedì, perché era abituato a non protestare. I suoi genitori infatti lo avevano educato con disciplina e severità.

Dopo aver aperto una porta blindata non lontana dalla biblioteca, usando la tessera rossa, finirono in un grande magazzino pieno di scaffali alti fino al soffitto, a loro volta stracolmi di scatole con etichette assurde appiccicate sopra.

FOLLICOLOSTIMOLATORE ANTICRESPO
TAPIS ROULANT DEFATICATORE
POTENZIATORE MUSCOLARE

— Questo potrebbe farmi comodo — scherzò Quasar. — E anche una navicella spaziale.

— Oppure questo — replicò Humperdinck, riemergendo da una pila di scatole con in braccio una specie di radiolone anni Ottanta con tanto di portacassette antidiluviano. Sopra c'era scritto: SPACE MESSENGER. — L'ultima volta che Focussen l'ha usato, in Islanda non sono riusciti a vedere la tv per un mese, ma con qualche piccola modifica potrebbe servirti per mandare un messaggio nello spazio ai tuoi genitori. Mentre voliamo verso la Francia.

Quasar ci pensò su. In effetti *vedere* la navicella

FOLLICOLOSTIMOLATORE
ANTICRESPO
POTENZIATORE
MUSCOLARE
SPACE MESSENGER
TAPIS ROU
DEFATICA

dei suoi genitori non significava poterli contattare. Perciò arraffò il congegno e annuì. Si sarebbe fatto aiutare da Shiva. — Vado a preparare i bagagli, allora — concluse, e Humperdinck sorrise, sollevato.

Nel frattempo anche Maddie stava raccogliendo le sue cose e, quando fece per spegnere il computer, si accorse che sullo schermo era apparso un video buffissimo di una scimmietta che ballava e mangiava banane che le venivano sparate da un cannoncino direttamente in bocca.

— E questo da dove salta fuori? — esclamò, cercando di spegnerlo.

Guardando meglio, si accorse che era davvero divertente e rimase a fissarlo, imbambolata.

Quando entrò Shiva, le fece cenno di avvicinarsi. — Guarda questa roba che spasso!

Shiva vide la scimmietta e scoppiò a ridere. — È fantastico! Il miglior videovirus che abbia mai visto! — esclamò.

Il sorriso di Maddie si spense. Le due ragazze si guardarono, l'espressione allarmata. Videovirus?!

— Qualcuno è entrato nel tuo computer, Maddie — disse Shiva, cercando invano di spegnere il video. — Cosa potrebbero volere? Sono sicura di sapere di chi si tratta, comunque.

Smanettò un po', mentre Maddie pensava ai file stipati nel portatile. Le sue ricerche di biologia potevano interessare a qualcuno? Le foto del suo cantante preferito, forse, o magari la collezione di frasi celebri di scienziati famosi... Si bloccò, sbiancando all'improvviso. Il suo diario!

— Ho controllato l'IP. Sono i KZ, come sospettavo — la informò intanto Shiva. — Ehi, sembra che si siano fatti un giro nel tuo diario segreto — aggiunse con un sorrisino ironico. — Spero tu non abbia annotato nessun particolare imbarazzante della tua vita.

Maddie si sentì svenire. — No, nessun particolare imbarazzante — rispose con voce strozzata. — Però ho scritto tutti i dettagli della Mystery Race. Compresa la soluzione di quest'ultimo enigma.

— Oh, cavoli e cavoli fritti. No, no! — gridò Shiva, smanettando così veloce che le sue mani apparivano sfocate dal movimento.

— Cosa stai facendo, adesso?

— Li bombardo con dei virus, gli distruggo il sistema operativo e gli mando in vacanza la scheda madre... — rispose Shiva, concentratissima.

— Aspetta! Ferma! — disse Maddie, bloccandole la mano. — Ho un'idea migliore.

— Solo far esplodere i loro computer potrebbe essere un'idea migliore — protestò Shiva. — Ed è impossibile da qui. Perciò, mollami!

Maddie però insistette. — Ascoltami. Lasciamogli credere che non ci siamo accorti del videovirus. Così potrò aggiornare il mio diario e loro continueranno a leggerlo.

— Oh, ma che idea geniale! — replicò Shiva, ironica.

— Lo è. Perché adesso posso scrivere falsi indizi e depistarli. La vendetta va servita fredda: capiranno una volta per tutte che con noi non devono scherzare.

Shiva deglutì. — Potresti toglierti dalla faccia quello sguardo diabolico? A volte mi fai proprio paura.

Ostriche al cioccolato

La scritta SUPERPROT© sul fianco del pirigibile era cambiata, e non in meglio. Lo sponsor che il professore Focussen aveva scelto per la missione Mystery Race – un produttore di fermenti lattici sciacquabudella – aveva richiesto una modifica che rendeva il tutto, se possibile, ancora più imbarazzante.

Adesso le grandi lettere rosse dipinte dicevano SUPERPROT SPECIAL e sotto, in piccolo (ma piccolo solo in proporzione al dirigibile, visto che ogni carattere era alto quanto Quasar) era stato aggiunto il pessimo slogan: Intestino sturato e l'umore è migliorato!

— Ehm... professore, è proprio necessario? — si lamentò Maddie, indicando la scritta mentre salivano a bordo. — È così umiliante.

Focussen le diede un'affettuosa pacca sulla spalla. — Mia cara criticona, devi sapere che io tengo molto alla veridicità dei messaggi pubblicitari — rispose. — E in questo caso posso assicurarti che Superprot non mente. Promette ciò che mantiene, o qualcosa del genere, ecco. È l'unica cosa che conta.

— Vuol dire che l'ha provato lei stesso? — chiese Shiva, subito fulminata dalle occhiatacce degli altri. Non doveva stimolare Focussen su argomenti scatologici, lo sapeva bene! — A me le nutripappe sono sembrate già abbastanza lassative...

— Oh, ma io mai potrei aver bisogno di un defecostimolatore! — trillò Focussen, sorridendo. — Sono come un orologio svizzero, e non nel senso che sono fatto di cioccolato, ma nel senso che le mie ritirate avvengono a intervalli regolari di dodici ore...

— Prof, per favore — gemette Mark, tappandosi le orecchie, subito imitato dagli altri.

Il professore mise su il broncio, ma si astenne da ulteriori considerazioni.

Il resto del viaggio proseguì tranquillo. Il pirigibile – chiamato così per l'apparato pirotecnico atto ai festeggiamenti di cui era munito – era composto di un unico grande locale, suddiviso in aree diverse. A prua c'era la zona comandi, dove stazionavano Focussen o Humperdinck, il pilota automatico. A poppa stavano le cuccette, e poi c'erano il tavolo da pranzo, i sedili vicino ai finestrini sul lato destro e la zona relax sul lato sinistro.

Nella zona relax quasi tutto era a misura di Focussen. C'erano una poltrona a molle che faceva venire il mal di mare solo a salirci, un portariviste pieno di giornali in lingue incomprensibili, un televisore che trasmetteva programmi di cucina.

L'attività più bella era guardare fuori nel cielo e osservare il paesaggio di sotto che diventava sempre più piccolo.

Con i nasi incollati al vetro, i quattro ragazzi videro il mare lasciare il posto alla costa e seppero di essere in Francia. Il sole stava calando e lo scenario era avvolto da un'intensa luce dorata.

Atterrarono su una spiaggetta isolata, proprio

all'ora di cena, e decisero di scendere a dare un'occhiata in giro.

Gli occhi di Focussen si focalizzarono immediatamente su un'insegna appesa fuori da un baracchino: c'era il disegno di un'ostrica aperta con una perla dentro.

— Ostriche! — esultò. — Che ne dite di immergerci subito nella cultura locale? Potremmo fare una gara: smetteremo di mangiare ostriche solo quando uno di noi troverà una perla!

— Bleah! — fece Mark. — Le ostriche sono quelle cose mollicce che stanno in un guscio primordiale tutto bitorzoli?

— Esattamente, mio pittoresco amico — approvò Focussen.

— Sembra di leccare la chiglia di una barca, quando le mangi — intervenne Maddie. Una volta le avevano assaggiate a cena con mamma e papà, in un ristorante di lusso. — Grazie, professore, ma noi seguiremmo più volentieri questo aroma di cioccolato che si sente nell'aria.

— Ne approfitteremo per fare domande sul nostro personaggio illustre — aggiunse Quasar.

— Come volete! — esclamò Focussen e, afferrato Humperdinck per la manica, saltellò felice e improvvisamente eretto verso il baracchino delle ostriche.

— Il mal di schiena di Focussen è davvero insolito — commentò Shiva, mentre si avviavano lungo la strada principale, una bella via acciottolata su cui si aprivano negozietti caratteristici.

— C'è qualcosa in lui che non lo è? — chiese Maddie con un sospiro.

— Guardate, ecco da dove veniva il profumo! — esclamò Quasar, indicando un chiosco che faceva crêpe a tutti i gusti.

Mentre mangiavano, Maddie ne approfittò per chiacchierare un po' con la proprietaria, una signora rubiconda che parlava diverse lingue grazie ai tanti turisti con cui aveva a che fare.

Elencò a Maddie la lista degli uomini illustri del paese. Il sindaco, naturalmente, e poi monsieur Patachon, l'uomo più ricco. E c'era anche don François, il parroco, che conosceva i segreti di tutti. Lucien Notés, il famoso pianista. E infine madame Roue, la ciclista più veloce di Francia, che però, appunto, era una donna e quindi non poteva rientrare tra gli uomini più illustri.

— Ottimo risultato — commentò Shiva a bocca piena. — Domani mattina sapremo da dove cominciare.

— Speriamo solo che gli altri gruppi rimangano lontano da qui il più a lungo possibile — aggiunse Quasar, spruzzando zucchero a velo sulla sua crêpe al cioccolato.

Maddie e Shiva si guardarono. Non avevano raccontato nulla ai compagni riguardo al videovirus. Maddie annuì, come per dire: "Non preoccuparti, stasera aggiorno il file del diario con la lista delle persone illustri *sbagliata*."

Fu la prima cosa che fece una volta tornati a bordo.

Focussen dormiva già della grossa, con un guscio d'ostrica stretto tra le mani come una preziosa reliquia. Dal rumore che faceva la sua pancia, di ostriche ballerine dovevano essercene almeno un centinaio, là dentro.

I ragazzi si addormentarono subito, nonostante il sonoro russare del professore e l'agitazione per la nuova gara appena iniziata. Solo che a notte fonda Quasar scivolò giù dalla brandina e raggiunse il letto di Shiva. La scosse per un braccio e lei, fulminea, gli afferrò la mano, sibilando: — Maledetto KZ, non mi avrai.

— Ehm, sono io, Quasar — protestò il ragazzino.

— Vuoi farmi venire un infarto? — sbuffò lei. — Che ci fai in piedi a quest'ora?

— Devi venire fuori con me — rispose Quasar. — Voglio mostrarti una cosa.

A malincuore Shiva abbandonò il caldo delle coperte, si infilò le pantofole e seguì l'amico all'esterno, dove la brezza marina soffiava fredda e impietosa.

— Ecco qui — disse Quasar, tirando fuori lo Space Messenger dallo zaino e posizionandolo su uno scoglio.

— È fantastico! — esclamò Shiva, sfiorando l'apparecchio con le dita. — Un autentico radiolone anni Ottanta! Dove lo hai trovato?

— Non è un radiolone. È modificato da Focussen — spiegò Quasar. — Dovrebbe servire a comunicare con lo spazio. Credi di poterlo far funzionare?

Shiva osservò l'aggeggio alla luce della torcia

che Quasar aveva portato. Annuì diverse volte, e altrettante scosse la testa.

— Allora?

— Allora si può fare, ma il risultato non è garantito. Occorreranno diversi tentativi, perché il prof non ha previsto un cercafrequenze. Dovremmo inviare segnali a caso, augurandoci che qualcuno risponda.

— Spero solo che in Islanda nessuno stia guardando la televisione — commentò Quasar, mentre Shiva muoveva le manopole e rumori sinistri uscivano dalle casse.

— Cosa c'entra l'Islanda, adesso? — disse lei, senza aspettare risposta. Tirò fuori l'antenna e provò a spostarla in varie direzioni. — Niente frequenze attive, a quanto sembra. Forse dormono anche lassù.

— Cosa possiamo fare? — chiese Quasar, deluso.

— Te lo dico io. Domani attacco un registratore mp3 a questo catorcio, così lo lasciamo acceso e registriamo tutto quello che finisce nel suo raggio d'azione. Poi analizziamo i dati e il gioco è fatto.

— Mi sembra perfetto!

— Ora però ce ne torniamo a letto, che ne dici? — aggiunse Shiva con uno sbadiglio. Gli mise un braccio sulle spalle mentre rientravano. — Scommetto che questa roba ha a che fare con i tuoi genitori, eh?

Quasar disse qualcosa di non udibile dalla spiaggia. Il radiolone, rimasto acceso sullo scoglio con l'antenna protesa verso il cielo, gracchiava sommessamente, captando il silenzio dello spazio infinito.

Poi, all'improvviso, alle scariche elettriche si aggiunse qualcosa che nessuno poté sentire.

— ... risp... dete... qui... ollo 64... onto? ... c'è... ssuno?

La fortuna è cieca (anzi, strabica!)

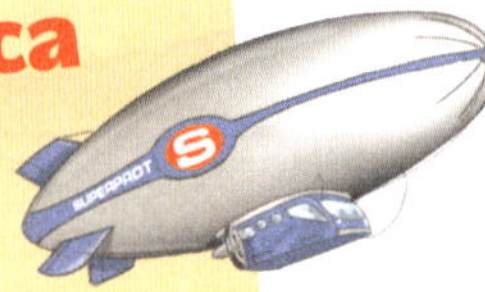

— Presto, ragazzi. Indossate queste, prima che sia troppo tardi.

Humperdinck li aveva svegliati bruscamente e se ne stava lì, accanto alle cuccette, reggendo un mazzo di maschere antigas.

— A che cosa ci servono? — chiese Maddie, temendo un attacco chimico da parte del gruppo KZ, che magari aveva scoperto la falsa pista del diario.

— Precauzione. Il bagno è *off limits*... — spiegò Humperdinck, visibilmente a disagio. — Sapete, troppe ostriche.

I ragazzi non fecero altre domande. C'erano cose su cui era meglio non indagare, ormai lo avevano imparato.

Afferrarono le maschere, ma preferirono uscire subito all'aria fresca del mattino.

Shiva fece alcune flessioni sulla spiaggia, per tenersi in forma, mentre Quasar armeggiava con lo Space Messenger e lo riportava dentro.

— Possiamo fare colazione in paese — suggerì Maddie dopo aver messo i piedi nell'acqua gelida e aver indossato le sue infradito preferite. — E poi andare subito dal sindaco. È il primo della lista.

Così fecero. Il paesino si stava risvegliando ed era un piacere passeggiare per le strade ordinate e decorate da aiuole di fiori e lampioncini in ferro battuto e panchine di legno e... ragazzi giapponesi...

Ragazzi giapponesi?

Maddie pensò di non averci visto bene. Ma chi correva sulla ripida salita che si srotolava su per la collina, verso una villa lussuosa circondata da pini marittimi, era proprio il gruppo dei fratelli Fujitomo!

— Oh, no! — esclamò. — I KZ non sono riusciti a fermarli! Stanno andando da Patachon.

— Dobbiamo sbrigarci e farci ricevere subito dal sindaco — replicò Mark. — È comunque lui il primo della lista.

Si avviarono di corsa verso la piazza principale, con lo stomaco che reclamava invano la colazione, e avvistarono la Mairie, cioè il Comune. Era un edificio color pietra molto grazioso, con lo stemma del paese sulla porta d'entrata e la bandiera francese appesa sotto la finestra più grande.

— È lì che deve trovarsi il sindaco — esclamò Shiva, indicandolo.

In quel momento, la finestra si spalancò e si affacciò un uomo dall'aria distinta e un grande naso aquilino che sembrava sbilanciarlo in avanti.

— Da qui si gode la vista di tutta la piazza — disse a voce abbastanza alta da poter essere udito dalla strada. — E vi prego, a pranzo sarete miei ospiti.

Mentre lo Smart Team se ne stava col naso all'insù a fissare la scena, nella cornice della finestra apparvero altri personaggi. Biondi. Alti. Pallidi e con incredibili occhi di ghiaccio.

— Incredibili occhi di ghiaccio — mormorò Shiva, ipnotizzata. La squadra vichinga, a quanto pareva, non solo aveva recuperato il terreno perduto, ma li aveva anche preceduti dal sindaco.

— Cavolissimi. Adesso ci tocca *aspettare*!! — gemette Mark, frustrato. — Arriveranno all'indizio prima di noi.

— Non è detto — replicò Maddie con scarsa convinzione. Non poteva credere che avessero perso il vantaggio così in fretta. Del resto, avendo a che fare con squadre di cervelloni come loro, forse non avrebbero dovuto sottovalutarli.

— A questo punto direi di andare a fare colazione — propose Quasar. — Ci consoliamo con un croissant e poi torniamo qui dal sindaco.

— Se non vi secca, io resto qualche altro minuto ad ammirare... la piazza — disse Shiva, sempre con la testa per aria. I vichinghi erano ancora alla finestra. Uno, in particolare, era davvero vicino al davanzale e la luce del sole risplendeva sui suoi capelli dorati...

— Shivaaaa! — gridò Mark, scuotendola per

un braccio. — Ti sei imbambolata? Ho detto: ti aspettiamo al bar. Hai capito?

— Sì, sì, al bar — fece lei senza distogliere lo sguardo.

— Ma che diavolo le prende? — chiese Mark mentre si avviavano verso la caffetteria. — Ogni volta che ci sono gli svedesi in giro, è come se andasse in tilt.

— Forse usano uno speciale raggio ipnotizzatore — buttò lì Quasar. — O magari uno spray per annebbiare il cervello…

— O magari voi due siete dei bambocci e non vi accorgete quando una ragazza è innamorata — sbuffò Maddie.

— Innamo… che? — esclamò Quasar, perplesso.

Mark si aggiustò gli occhiali sul naso, arrossendo fino alla punta dei capelli. — Ragazza? Ma è solo Shiva!

— Oh, microbo, taci. Sei troppo piccolo per capire certe cose — replicò Maddie affrettando il passo.

— Sono più piccolo di un solo minuto!

— Sufficiente per creare distanze siderali. E comunque noi donne maturiamo prima — disse Maddie con aria d'importanza, aggiustandosi i lunghi capelli neri trattenuti da una fascia gialla.

Quasar e Mark si guardarono e ridacchiarono di nascosto. Quelle due erano proprio svitate, quasi quanto Focussen.

A proposito di Focussen... eccolo lì che giocava beatamente a carte, seduto fuori a un tavolino della caffetteria, nella piazzetta.

— Non distraetemi, ragazzi — esordì quando li vide arrivare, e non era possibile capire come, visto che era voltato di spalle. — Il mio amico Pierre, qui, mi ha già soffiato cinquanta euro. Ma solo perché non ho ancora fatto colazione e sono molto, molto sfibrato dalle grandi manovre di stamattina.

— Te l'ho detto che nasconde una telecamera in mezzo ai ricci — sussurrò Mark a Quasar.

— Prof, siamo nei guai — disse Maddie. — Gli altri gruppi ci hanno preceduti e...

— Non ho appena chiesto un po' di silenzio? — la interruppe Focussen, accostando il naso alle

Café

carte, come per annusarle. — Non siete nei guai. Non più di quanto lo sia ora il mio amico Pierre... *Ta-daaam!*

E sbatté giù una carta.

In quel momento, un cameriere uscì dalla caffetteria e portò la colazione del professore. Un enorme, terrorizzante vassoio di... ostriche!

— Ma ne ha appena fatto indigestione! — protestò Mark, tappandosi il naso.

— Quello si chiama incidente di percorso. Riprovando, si può migliorare la tecnica — rispose Focussen, afferrando un guscio e facendo scivolare il contenuto nella bocca con un viscido SLUUURP. — Se lo stomaco non si accorge dell'arrivo delle ostriche, manterrà la calma. Deve solo abituarsi alla loro presenza.

I ragazzi, sconfortati, si sedettero al tavolino accanto e ordinarono quattro cioccolate calde e quattro croissant, sapendo che Shiva non poteva certo nutrirsi di solo amore.

Infatti, dopo qualche minuto, la videro arrivare di corsa.

— Ho due importanti novità! — esclamò, sedendosi con il fiatone.

— Oh, meno male. Qui cominciavamo a deprimerci — disse Mark. — Spara.

— La prima è che *lui* mi ha guardata. Lo giuro. Era lì alla finestra e ha guardato in basso e io ero lì — rispose Shiva tutta contenta.

— E questa sarebbe l'importante novità? — osservò Quasar, deluso. — Possiamo passare alla prossima?

Shiva assunse un'espressione contrariata, ma proseguì: — Be', credo di aver visto i KZ.

— Fantastico, ora sono di ottimo umore — borbottò Mark.

— Già, però forse non tutto è perduto — continuò Shiva. — Siamo riuscite a depistarli, io e Maddie. Se hanno letto il diario segreto, crederanno che l'uomo dell'enigma sia il panettiere, che in realtà sarebbe invece una famosa spia dei servizi segreti.

Gli altri scoppiarono a ridere all'idea. Se il diario aveva funzionato, almeno quella giornata non era cominciata del tutto male.

— Andiamo a lavarci le mani mentre aspettiamo la colazione — disse Maddie a Shiva. — Così intanto mi racconti del vichingo.

Entrarono nel bar chiacchierando e chiesero del bagno. Mentre si dirigevano in fondo al locale, però, notarono un grande dipinto appeso alla parete. C'era un uomo dall'aspetto bizzarro, con un occhio strabico e un gran cappello da ammiraglio. Guardava l'osservatore con aria severa e stralunata allo stesso tempo. Era ritratto in uno studio ingombro di mappe e oggetti strani.

Sotto, un targhetta di ottone diceva: *Lo scemo del villaggio, ovvero l'uomo più illustre.*

— Oh, mio Dio!

— Non può essere.

Maddie e Shiva schizzarono di nuovo fuori. — Professore, professore! — esclamarono in coro. — Abbiamo trovato l'uomo più illustre! Ma non sappiamo chi possa essere, sembra alquanto bizzarro. È in un ritratto, proprio nel bar...

— Si chiamava Alphonse Duvargier — li interruppe il vecchietto che stava giocando a carte con Focussen.

— E lei come fa a saperlo? — chiese Shiva.

— Mi chiamo Pierre Duvargier, sono il suo bis-bis-nipote — rispose quello. Solo allora notarono l'occhio strabico. — Se non avete fretta e mi lasciate finire di spillare qualche altro bigliettone al vostro professore, potrei raccontarvi una storia interessante...

I segreti del vecchio Alphonse

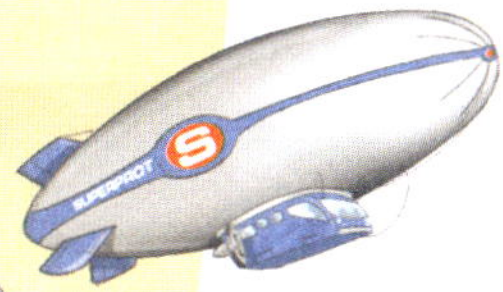

— Perciò, ragazzi miei, posso dirvi che di sicuro Alphonse Duvargier è stato il più illustre cittadino di questo paese — concluse il vecchietto, dopo aver raccontato le gesta del suo bisavolo ed essersi nel frattempo scolato quattro succhi di lampone e un paio di frappé alla banana. — Come voi stessi avete potuto constatare, del resto.

Era una storia affascinante, senza dubbio. Duvargier aveva navigato e poi scalato e poi scavato e poi volato senza sosta, esplorando mezzo mondo e riportando alla luce tesori inestimabili. Si diceva addirittura che fosse riuscito ad arrivare sulla Luna ben prima di Neil Armstrong, ma che all'epoca i fratelli Wright lo avessero accusato di truffa perché le sue scoperte gettavano ombra su tutta la storia degli aeroplani.

— Se andrete sulla Luna — aveva detto Pierre — fate cento passi in direzione nord, partendo dalla bandiera americana, e troverete il cratere del mio bisavolo. Lo chiamò Crève-Coeur, in onore del suo paese di origine. Ovviamente nessuno crede a questa storia e nessuno ha potuto finora verificarla.

— Quindi adesso Alphonse Duvargier è bello che morto — concluse Shiva, a cui piaceva arrivare al sodo. Stavano cercando una persona e si erano ritrovati con un cadavere centenario.

— Sì, e ci ha lasciato questo bar — rispose Pierre. — Ce lo tramandiamo di generazione in generazione. Ecco perché avete trovato il ritratto.

— Questo è un bel guaio — sospirò Mark. — Professor Focussen, lei che ne pensa?

Il professore era rimasto zitto fino a quel momento. Una lacrima gli scivolò lungo la guancia e tirò fuori il fazzoletto per soffiarsi il naso.

— È una storia davvero, davvero triste. Credo che non mi riprenderò mai più — disse tra una soffiata e l'altra.

— Ma Alphonse è morto di vecchiaia — osservò Maddie, che aveva preso anche appunti. — E in vita se l'è passata bene.

— Non mi riferivo ad Alphonse, ragazzina puntigliosa — replicò Focussen. — Ma al fatto che questo signore, dopo avermi stracciato a carte e avermi soffiato duecento euro, ora pretenderà anche che gli paghiamo il conto!

Pierre si mise a ridere. — Vorrei vedere. Non è che passino così tanti polli da spennare da queste parti.

Il professore gemette ancora più forte, ma i ragazzi avevano altro per la testa.

— C'è una tomba di Alphonse, da qualche parte? — chiese Quasar, azzardando un'ipotesi.

— Da qualche parte, no. Ma al cimitero direi che la troverete dove è sempre stata — rispose Pierre — cioè al suo posto.

— Una tomba — disse Maddie, dubbiosa. — Deve per forza trattarsi di questo.

— Non mi piace l'idea di dover girare per un cimitero — intervenne il professor Focussen. — L'ultima volta sono stato inseguito da uno zombie. O forse era Kendra Ziffel che cercava di acchiapparmi e farmela pagare per averla battuta alla gara di tabelline alle elementari? Non ricordo, esattamente.

— Be', potreste sempre fare un salto a casa sua — suggerì Pierre come se nulla fosse.

— Casa sua? È ancora in piedi? — chiese Mark.

— Oh, certo. Se non se la sono mangiata le zanzare — rispose il vecchietto. — Il Comune sta valutando se farne un monumento cittadino, un ospizio o un parco giochi. Alphonse l'ha donata alla città.

— Un tipo generoso.

— Un tipo spiritoso, piuttosto. Nessuno degli eredi sarebbe andato a vivere alla Baia Umida. E lui lo sapeva — spiegò Pierre, ridacchiando tra colpi di tosse rauchi. — Così ha lasciato la bega al Comune e tanti saluti.

— Quindi adesso è disabitata? — chiese Quasar.

— Più o meno — rispose il vecchio, lanciando un'occhiata a Focussen, il quale però si stava togliendo le doppie punte ai riccioli rossi.

— Ma ci lasceranno entrare? — insistette Quasar, che non amava le risposte ambigue.

— Entrare è semplicissimo. Il difficile è uscire. — Pierre rise ancora più forte e i ragazzi pensarono che i troppi zuccheri gli avessero mandato in tilt il cervello. Si fecero perciò dare le indicazioni per raggiungere Villa Duvargier, lo ringraziarono e se ne andarono trascinandosi via Focussen.

Per raggiungere la Baia Umida dovevano attraversare la riserva naturale, passare le dune e poi inoltrarsi per il canneto. La guardia forestale che affittò loro le biciclette li avvisò: — Fossi in voi, mi terrei a distanza da quella casa.

Poi sorrise amabilmente e augurò buona gita.

La passeggiata tra il sole e la brezza marina fu davvero piacevole. Nei grandi prati dall'aspetto cangiante l'erba era alta e ondeggiava al vento, come un secondo mare verde accanto all'oceano.

Poi, all'improvviso, il paesaggio cambiò. Così in fretta che per un attimo i ragazzi temettero che fosse uno scherzo. Come separate da una linea invisibile, di qua c'era la natura gioiosa e soleggiata, di là si estendeva la Baia Umida, un luogo grigio e lugubre su cui si muovevano nuvoloni temporaleschi.

— Credo che vi aspetterò qui, miei prodi — disse Focussen, tirando fuori un asciugamano da mare e una radiolina. — Se non rientrate entro due ore, chiamerò la polizia.

— Grazie tante — sbuffò Mark sottovoce.

Tutti e quattro in sella alle bici, i ragazzi si guardarono per un attimo. La Baia Umida non era un posto invitante. Eppure bisognava muoversi. Così, facendosi coraggio, si avviarono lungo il sentiero fangoso.

— Brrr! — fu il commento di Shiva. — Sembra che la temperatura sia calata di dieci gradi.

— Dev'essere una particolare specie di microclima — spiegò Maddie, cercando di darsi un tono e guardandosi intorno con sospetto. — Probabilmente dovuta alle correnti del mare o magari proprio al Global Warming.

Gli altri annuirono, in parte rincuorati dalla spiegazione scientifica. Ma quando voltarono l'angolo sul sentiero e Villa Duvargier si rivelò alla vista, be', nel brivido che attraversò loro la schiena non c'era proprio nulla di scientifico.

Si trovavano davanti a una grande casa a due piani, in legno ingrigito dalle intemperie. Il tetto di ardesia sembrava uscito da un vecchio film della Famiglia Addams e le finestre avevano i vetri impolverati, dietro i quali – nessuno lo avrebbe giurato, certo – sembrava si muovessero delle ombre.

Il vento sferzante dal mare, inoltre, faceva cigolare il cigolabile, ululare l'ululabile e così via, in un concerto da film horror che avrebbe fatto accapponare la pelle a Freddy Krueger.

— Dai, ragazzi! — esclamò Maddie, avviandosi per prima. — Siamo scienziati, no? L'unica cosa che ci spaventa è l'ignoranza.

Gli altri la seguirono, Shiva in posizione di attacco, con i pugni stretti vicino al mento. Spinsero la porta d'ingresso e furono dentro. Quella, ovviamente, si richiuse alle loro spalle con uno SBAM! che fece tremare tutta la casa e sobbalzare i visitatori.

C'era un grande ingresso, con una scala che conservava il tappeto rosso al centro, nonostante fosse consunto e impolverato. Alle pareti era appeso di tutto: quadri, trofei di caccia, maschere africane, strumenti musicali, arazzi e utensili da cucina. Dal soffitto pendeva un enorme lampadario di cristallo ormai grigio polvere.

— Wow — fece Mark. — Questo è il paradiso dell'archeologo.

— Sì, e degli acari — aggiunse Maddie. — Da che parte cominciamo?

— *La sua idea più alta* — ricordò Shiva. — Dove potrebbe trovarsi? In biblioteca? O forse nello studio.

Furono tutti d'accordo che quello era un ottimo punto di partenza e si avviarono per cercare lo stu-

dio di Duvargier. Lungo il corridoio erano disposte armature di ogni foggia ed epoca: medievali occidentali, cinesi, giapponesi, barbare e vichinghe. Stavano rigide e immobili come soldati pronti all'ordine.

Non era facile orientarsi fra tutte quelle stanze e altrettante porte, ma a un tratto, su un battente, scorsero una targa in ottone su cui stava scritto in bella grafia ottocentesca: *Studio*.

Ma lì non c'erano che scartoffie tarlate che si sbriciolavano solo a toccarle. Gli eredi di Duvar-

gier dovevano aver portato via le cose di valore e i cimeli di famiglia per salvarli dall'abbandono.

I ragazzi frugarono per un po', infreddoliti e delusi, poi Mark aprì i cassetti della grande scrivania di legno marcio e lanciò un urlo.

— Che diavolo ti prende? — gridò Shiva, balzando in braccio a Maddie per lo spavento.

— C'è un teschio qua dentro! — rispose Mark, rosso per l'imbarazzo.

— Be', vuoi fare l'archeologo, buona fortuna — commentò Shiva, rimettendosi a terra. — Se ti spaventa un teschio...

— Sono solo un po' teso, va bene? — replicò lui, scuotendo gli altri cassetti. — L'ultimo non si apre. Ragazzi, venite a darmi una mano.

— Serve una chiave — disse Maddie, osservando la serratura arrugginita.

— Non credo. Abbiamo questa — obiettò Shiva, recuperando un pezzo di corda dal pavimento e legandolo alla maniglia del cassetto. — Tutti insieme... tiriamo!

Crasssh si udì mentre il legno si frantumava in

mille pezzi e i ragazzi finivano a terra l'uno sull'altro, Quasar in fondo alla pila.

Shiva si rimise in piedi subito. — Ehi! Qui c'è qualcosa — disse, osservando il cassetto appena scassinato.

— Un diario? Una mappa? — chiese Mark, speranzoso, spolverandosi gli occhiali con le mani impolverate.

— Ne volete uno? — chiese Shiva sorridente, mostrando ai compagni una scatola di cioccolatini dell'Ottocento. — Sono mummificati, Mark. Potrebbero piacerti.

— Ma che spiritosa! — esclamò lui. — Qui dentro stiamo solo perdendo tempo. Cerchiamo in qualche altra stanza.

— Stavamo guardando nella direzione sbagliata — intervenne allora Quasar, ancora spiaccicato sul pavimento. — *La sua idea più alta*. Si trova in alto — aggiunse, con la testa sollevata a fissare il soffitto. — Guardate lassù, ragazzi.

Fra Atlantide e la Papuasia

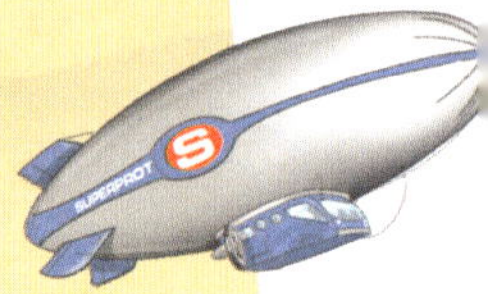

— Ehi, voi due, venite dentro! — esclamò Mark, sulla soglia del pirigibile. — Abbiamo stampato le fotografie della mappa di Duvargier.

— Arriviamo subito — rispose Shiva, impegnata ad armeggiare con lo Space Messenger. Quasar, accanto a lei, teneva le orecchie tese e le mani unite in un gesto che esprimeva ansia e preghiera insieme. — Appena il tempo di obbligare questo coso a funzionare.

Erano di nuovo sullo scoglio a spostare l'antenna e a regolare le manopole. Shiva aveva aggiunto un registratore mp3, ma aveva dovuto modificarlo perché sul radiolone non c'erano prese USB. Un lavoraccio che l'aveva divertita parecchio.

— Senti... oltre le scariche c'è qualcos'altro.

CRRRRRRR... CRRRRZZZZ-CRRR!... ZZZZZZCRRR... CRRRRR...

— Che lingua è?

— Non lo so. Sembrerebbe russo — disse Shiva, continuando a girare le manopole. — L'importante è che funzioni. Lasciamo il registratore acceso, ci penserà lui a captare qualsiasi suono utile.

Dovevano rientrare, la Mystery Race non poteva attendere oltre.

— Ecco qui la mappa — esclamò Maddie non appena vide i due avvicinarsi al tavolo. Mostrò orgogliosa la serie di fotografie che avevano scattato a Villa Duvargier, al soffitto dello studio di Alphonse, ora stampate e riunite a formare il disegno originale in scala 1:25.

Quando Quasar aveva indicato il soffitto, qualche ora prima, avevano alzato tutti la testa per vedere l'affresco che assomigliava tanto a una mappa, ma aveva anche l'aspetto di un progetto, con numeri annotati come coordinate geografiche o calcoli. Studiarlo da terra era impossibile, perciò avevano deciso di fotografarlo e poi se l'erano

data a gambe, visto che la pioggia aveva iniziato a cadere sulla villa proprio in quel momento e i tuoni facevano tremare i vetri.

— Purtroppo l'umidità ha danneggiato l'affresco — spiegò Maddie, indicando delle macchie di muffa sul disegno. — Speriamo che non abbia coperto proprio la parte che interessa a noi.

— È curiosa questa scritta qui nell'angolo — aggiunse Mark, indicando un punto su una fotografia. — L'unica, a parte i numeri.

Quasar si avvicinò e, accanto a una macchiolina verde che sembrava un'isola, lesse: ATLANTYS.

— Atlantys — disse Mark. — Cioè, Atlantide.

— E fin qui c'eravamo arrivati tutti — esclamò Shiva, stravaccandosi su una sedia girevole. — E dov'è che dovrebbe trovarsi questa Atlantide?

Mark ridacchiò, felice di potersi prendere una piccola rivincita. — Da nessuna parte.

— Che vuol dire? — chiese Shiva. — È un'isola o no? Da quando in qua le isole esistono ma non esistono?

— Atlantide è un luogo leggendario — spiegò

Maddie. — Si dice che sia esistita prima del grande disgelo, ma molti credono che sia solo una bufala.

— In realtà — intervenne Mark schiarendosi la gola come se dovesse iniziare una conferenza — secondo Platone, Atlantide si trovava oltre le Colonne d'Ercole e nel novemilaseicento avanti Cristo era una grande potenza militare...

— Novemilaseicento avanti Cristo? Praticamente l'altro ieri! — ironizzò Shiva, chiedendosi quando sarebbero passati all'azione.

— Atlantide, sempre secondo Platone, sprofondò nell'arco di un solo giorno e una sola notte...

— Senti, Indiana Jones — lo interruppe di nuovo Shiva — a noi cosa interessa di questa archeosolfa? Non potremmo cercare di venire al sodo?

— Il sodo per ora è solo questo — intervenne Maddie, girando il suo computer portatile per mostrare lo schermo agli altri. — Ho inserito il dettaglio di quell'isola nell'angolo della mappa nel database di Poople Earth e a quanto pare corrisponde alla forma di Wuvulu.

— Wuvu... che?!

— È una piccola isola a nord della Papuasia.

— Ma di che parte della mappa stai parlando, scusa? — chiese Mark, piccato di essere stato interrotto nel bel mezzo della sua spiegazione.

— Quell'angolo lì, non vedi? — rispose Maddie indicandolo sulle fotografie.

Mark si avvicinò per osservare meglio e un sorrisino gli spuntò sulle labbra. — Le mie archeosolfe saranno anche noiose, ma tu vorresti che noi ci fidassimo di una macchia lasciata dall'intonaco?

— Non è una scrostatura. È il disegno di un'isola — ribatté Maddie, le mani sui fianchi.

— È una scrostatura. E tu sei una scienziata da strapazzo — insistette Mark.

— Ti sbagli.

— Ti sbagli tu.

— Insomma, finitela! — strillò Shiva, facendo lo sforzo di alzarsi per fare da arbitro. Mise il naso a un millimetro dall'isola-macchia. — Questa è una scrostatura, Maddie. Non vedi che ha lo stesso colore dell'intonaco in quest'altra foto?

Quasar intanto aveva acceso il suo portatile e

stava digitando, totalmente immerso nelle sue elucubrazioni.

— Non è il caso di accapigliarsi. La soluzione è più semplice di quello che pensate — disse dopo un po', mettendo fine al battibecco che continuava. — Guardate qua: il profilo della costa dipinto sul soffitto di Duvargier è identico a questo tratto poco a sud di Crève-Coeur. Forse non dobbiamo andare poi così lontano.

Gli altri si avvicinarono per controllare ed effettivamente la corrispondenza era perfetta. Non potevano esserci dubbi.

In quel momento, Focussen rientrò dalla sua "missione esplorativa", come l'aveva chiamata lui, con una baguette sotto il braccio e una busta della spesa che emanava un odore simile a quello di un cesto di calzini sporchi lasciati da ventidue giocatori di calcio dopo una partita andata ai supplementari.

— E voilà! — esclamò. — *Les fromages!* E le notizie! Il tutto fresco di giornata, ovviamente.

— Di cosa sta parlando, prof? — chiese Shiva.

— Di formaggi e nemici. Di entrambi si sente l'odore a distanza — rispose Focussen sedendosi al tavolo. — Ho visto lo chignon di Kendra Ziffel.

— Davvero? — esclamò Maddie. — Allora i KZ sono di nuovo in pista... Maledizione!

— Tranquilla — la rassicurò il professore, emergendo dalla sua busta di formaggi con aria inebriata. — La loro è una pista sbagliata... che più sbagliata non si potrebbe!

— Ma che significa, scusi? — domandò Mark, perplesso e vagamente stordito dai miasmi formaggiosi.

— Diciamo che *qualcuno* ha avuto una fortuna sfacciata con i suoi depistanti depistaggi... — rispose Focussen, lanciando un'occhiata divertita a Maddie e Shiva. — ... E il panettiere del paese è uno svitato di prima categoria che crede di ricevere messaggi dagli alieni. I ragazzi della Ziffel ora sono convinti che sia lui il loro uomo. Che pena!

— A me quei serpenti non fanno pena neanche un po' — ribatté Shiva, godendosi quel colpo di fortuna.

— Be', comunque quella era la buona notizia — continuò Focussen. — La cattiva è che il gruppo vichingo si stava dirigendo verso la Baia Umida, poco fa. Credo che abbiano scoperto di Alphonse Duvargier, in qualche modo.

— Allora dobbiamo sbrigarci! — esclamò Mark, mentre Shiva pensava che in fondo andare in pari con gli svedesi avrebbe significato vederli più spesso.

— A proposito — aggiunse il professore. — Là fuori quel radiolone anni Ottanta di mia proprietà stava sbraitando alla grande. Mi sa che avete fatto incavolare qualcuno, lassù tra le stelle.

Shiva e Quasar si guardarono, poi scattarono fuori a controllare lo Space Messenger.

Dalle casse arrivava una voce agitata e incomprensibile.

— *Sonkyomygo talinso AGARRRRRR!!!!!*

— Non sono i tuoi genitori — osservò Shiva, perplessa.

— Direi proprio di no — concordò Quasar con un brivido.

— *AGARRRRR!* — Si sentì un trambusto, poi la voce metallica borbottò: — *Terrestri...? Disturbate linea interstellare, sì? Noi venire in PAAAACE! Sì?*

Poi la linea cadde e ripresero i soliti crepitii.

— Ehm... mi sa che le mie modifiche hanno creato qualche problemino in più rispetto a quelli della tivù islandese — ammise Shiva. — Forse dovremmo spegnerlo per un po', non credi? Non vorrei ritrovarmi degli extraterrestri che vengono a dirmene quattro...

Quasar annuì, titubante. Ma non appena Shiva si voltò per tornare dentro, spostò subito la manopola da OFF a ON. Extraterrestri o no, a quanto pareva lassù c'era un sacco di traffico, e qualcuno poteva aver incontrato i suoi genitori.

Profumo di vendetta (e di formaggio)

— È impossibile lavorare con questa puzza — si lamentò Maddie, osservando il professor Focussen che si ingozzava di formaggi di tutti i tipi.

— Prova con questa — le disse Quasar, porgendole una molletta. Lui stesso ne aveva una che gli stringeva il naso e andava decisamente meglio.

— Ostriche e formaggi — commentò Shiva, mentre disponeva di nuovo sul tavolo le fotografie dell'affresco. — Spero che il prossimo paese in cui Braynes ci spedirà offra un menu più adatto al mio stomaco. Pizza, per esempio!

— Se sarai fortunata, magari la prossima tappa sarà in Italia — replicò Quasar, mettendosi a studiare le foto. — Ma adesso concentriamoci su queste. Dev'esserci qualcosa lungo la costa che ricorda Atlantide. O che ha a che fare con un'isola.

Sulla mappa, a poca distanza dalla spiaggia di Crève-Coeur, c'era in effetti una macchia blu scuro, come qualcosa che stava nel mare ma non era acqua.

— Potrebbe essere sommerso — suggerì Mark.

— Controllo sul computer — esclamò Shiva, felice di potersi sgranchire le dita. Ma quando digitò sul motore di ricerca "Crève-Coeur+sommerso", non ci furono risultati interessanti.

— Perché non facciamo alla vecchia maniera? — disse Mark. — Andiamo in biblioteca e chiediamo alla bibliotecaria. Se è del posto, di sicuro saprà molte cose.

La proposta fu approvata.

La bibliotecaria, una vecchietta dai capelli candidi e un vestito blu a fiorellini, si risvegliò dal suo sonnellino che stava schiacciando sulla sedia della reception. D'estate, infatti, non c'era molto movimento; i turisti preferivano le spiagge, i ristoranti e la riserva naturale.

— Un'isola, dite? — rispose, toccandosi il mento con fare dubbioso. — Be', c'è un isolotto a qualche miglio dalla costa. Sapete, un tempo ci andava quello svitato di Alphonse Duvargier a fare i suoi esperimenti. Ma in seguito a una misteriosa esplosione, si è in parte inabissato.

I ragazzi si guardarono, raggianti. Era una piccola Atlantide e aveva a che fare con Duvargier. Dovevano per forza essere sulla pista giusta!

— Ecco, andate al porto e chiedete di Jacques — continuò la vecchia signora, porgendo loro un pezzo di carta su cui aveva annotato qualcosa. — Dategli questo e lui saprà aiutarvi.

— Grazie mille, signora — esclamò Mark.

Un attimo dopo si stavano precipitando verso il porto. Si trovavano sulla strada principale, cercando di correre sull'acciottolato senza storcersi una caviglia, quando videro i KZ uscire da un albergo.

— Presto! Qui dietro — bisbigliò Maddie, tirando gli altri al riparo di una siepe di rododendri. — Guardiamo cosa combinano.

I ragazzi del KZ avevano le valigie al seguito e Kendra Ziffel stava dando ordini a un tassista perché le caricasse nell'auto.

— Stanno andando via — mormorò Quasar. — Ma dove?

— Semplice: a Wuvulu! — ridacchiò Shiva.

— Eh?! Ma non era quell'isola della Papuasia che alla fine non c'entrava un tubo di niente?

— Esatto, microbo! — annuì Maddie, con un sorrisino perfido. — Appena il prof ci ha detto dell'equivoco in cui erano caduti i KZ, Shiva e io abbiamo pensato che fosse un delitto non approfittarne.

— E così abbiamo aggiornato il diario di Maddie scrivendo che abbiamo scoperto tutto — proseguì Shiva, ridacchiando. — Il panettiere è l'uomo illustre dell'enigma di Braynes e *la sua idea più alta* consiste nell'andare a Wuvulu ad aspettare l'arrivo degli alieni! E ora, guarda caso, i KZ sembrano avere una gran fretta di partire.

— Che ne dite di seguirli? — propose Maddie. — Sarebbe una deviazione interessante. Giusto per essere sicuri che stiano fuori dai piedi.

Gli altri annuirono e decisero di chiedere in hotel dove fossero diretti i KZ, poi si fecero chiamare un taxi e salirono a bordo in un batter d'occhio.

— Al campo di volo, per favore — disse Mark. — Più veloce che può.

— Facciamo la scorciatoia, se avete fretta — rispose l'autista, e un attimo dopo si ritrovarono su una stradina sterrata a picco sul mare, anzi, su uno strapiombo che finiva giusto giusto su degli scogli aguzzi, circa cento metri più in basso. L'autista correva come se fosse stato su un'autostrada a tre corsie, mentre i ragazzi nel sedile dietro sobbalzavano a ogni buca e venivano mescolati come noccioline in uno shaker da cocktail.

Mark, che si trovava vicino al finestrino che dava sullo strapiombo, pensò che avrebbe baciato il terreno se fossero arrivati vivi a destinazione.

Così fu.

— Ma cosa fai? — gli chiese Shiva.

— Bacio il terreno.

— Perché invece non ci nascondiamo? — disse Maddie, guardando il fratello come se fosse un insetto con un paio di neuroni in testa. — Stanno arrivando.

Il taxi su cui viaggiavano i KZ sbucò infatti all'ingresso del campo di volo. Lo Smart Team fece appena in tempo a tuffarsi dietro alcuni bidoni di combustibile accatastati in un angolo vicino all'hangar principale.

Esattamente l'angolo dove i ragazzi del KZ si fermarono, valigie e tutto.

— Mi sembra impossibile che gli Smartidioti abbiano capito il piano del panettiere prima di noi — disse Socket, la bambolina bionda dallo sguardo d'acciaio. — Spero che non ci abbiano preceduti.

— Nessuno precede Kendra Ziffel — disse una voce. — Il nostro jet sarà pronto in men che non si dica. Mentre il dirigibile di Focussen è ancorato su quella spiaggia, e ci resterà per un bel pezzo!

Seguì un'inquietante risata diabolica che fece accapponare la pelle ai ragazzi dello Smart Team.

— Quando saremo lontani, manderò una cartolina allo Smart Camp — rise un bamboccione grande e grosso dall'aria pericolosa. Il suo nome, manco a dirlo, era Bull. Ce l'aveva scritto sulla maglietta, come se ne andasse orgoglioso.

— È stato facile smontare quel pezzo — intervenne una ragazzina dalle trecce rosse, in tuta da meccanico. In mano reggeva una chiave inglese e ci giocava come se fosse stata una bacchetta da majorette. — L'unica cosa che non mi spiego era quella strana puzza. Come le scarpe di Lupo quando non cambia i calzini per una settimana.

Gli altri risero, ma il ragazzo chiamato in causa digrignò i denti proprio come un lupo. — È odore di natura — replicò.

— Ragazzi, ora basta — li interruppe Kendra, portandosi una mano alla fronte in modo melodrammatico, come se il peso delle sorti del mondo gravasse sulle sue spalle. Aveva imparato quel gesto a scuola di recitazione, quando calcava le scene invece di andarsene in giro a combinare guai. — Chiudete la bocca e mettete in moto i cervelli. Quando arriveremo in Papuasia, non voglio perdere nemmeno un attimo di tempo. Sono stata chiara?

I ragazzi del KZ persero l'aria spavalda e annuirono all'istante. Kendra Ziffel non era una da prendere sottogamba, soprattutto perché teneva un manganello sfollagente nella borsa e sapeva come usarlo.

Qualche minuto dopo, il KZ al completo salì a

Kz

bordo del superjet ipertecnologico con il monogramma KZ dipinto in verde acido sulla fiancata nera. Quando decollarono, finalmente lo Smart Team poté uscire dal nascondiglio e farsi liberamente una gran risata, senza doverla soffocare con le mani.

— Ci siamo riuscite! — esclamò Maddie, battendo il cinque con Shiva. — Li abbiamo spediti in Papuasia!

— Ora non ci resta che scoprire come hanno manomesso il pirigibile — aggiunse Mark.

— Ma prima — intervenne Shiva — direi che ci meritiamo una bella danza della vittoria tutti insieme!

In mezzo alla pista, si misero sul serio a ballare, imitando le mosse di Shiva. E per un attimo venne loro il dubbio che la focussonite potesse essere una vera e propria malattia...

Chi ha paura dell'avventura?

— Tutto a posto, amici! — esclamò Focussen, in tenuta da vela: bermuda di tre taglie più grandi, camicione a fiori di indubbio cattivo gusto e scarpette antisdrucciolo di un azzurro abbagliante. — Sono riuscito ad affittare la barca dal nostro amico Jacques.

I ragazzi avevano lasciato che il professore sbrigasse le trattative con il vecchio pescatore e intanto avevano perlustrato il pirigibile cercando traccia del sabotaggio.

Shiva si era infilata in sala motori, controllando ogni singolo ingranaggio con la lente di ingrandimento, ma senza risultati.

Avevano spruzzato un po' di polvere fluorescente rivelaimpronte che il professor Focussen aveva rubato dal set di "CSI", la famosa serie televisiva americana sulla polizia scientifica, una volta che era stato ospite della rete che la trasmetteva. Immediatamente le tracce lasciate in giro da qualsiasi essere umano capitato nella sala motori si erano illuminate di verde. Ma a un controllo più accurato, le impronte digitali e quelle delle scarpe erano risultate appartenere solo ai membri dello Smart Team. Soltanto per le ditate al formaggio impresse sul tappo del serbatoio della benzina non ci fu bisogno di nessun test scientifico per risalire al proprietario.

Subito dopo, Maddie, Mark, Shiva e Quasar, aiutati da Humperdinck, avevano passato al setaccio anche l'abitacolo del pirigibile, un centimetro alla volta, senza arrivare ad altra eccezionale scoperta che non fosse la riserva segreta di cioccolato appartenente senz'altro al professor Focussen.

Accaldati ed esausti, si erano accasciati sulle poltroncine nella zona relax, sorseggiando i succhi di frutta che Humperdinck era stato svelto a servire.

Sembrava davvero che i KZ avessero fatto un lavoro di fino e che fosse impossibile scoprire dove avevano messo le loro zampacce. Persino la prova di accensione e il breve giretto sul paese non avevano rivelato guasti tecnici di alcun tipo.

Così ci avevano rinunciato ed erano scesi in spiaggia per continuare la Mystery Race e raggiungere l'isolotto mezzo inabissato.

— Quanto dista l'isola? — chiese Maddie al professore, prendendo lo zaino con la tenda e le provviste. Ognuno di loro aveva un sacco a pelo per la notte.

— Oh, pochissime miglia da percorrere in allegria — rispose Focussen, stranamente evasivo.

I ragazzi si guardarono mentre lo seguivano lungo la riva, verso l'imbarcazione. Quando il professore faceva il vago, non c'era da fidarsi. E infatti, tenendo gli occhi aperti, non tardarono ad accorgersi di cosa li aspettava. Altro che gita in barca!

— Ecologico, corroborante, affidabile — annunciò Focussen. — Imbarcazione che oserei definire un idrovelocipede, se mi consentite il termine.

— Idrovelocipede non significa nulla — disse Mark, sbuffando.

— Oh, sì — replicò il professore. — Trattasi di un velocipede - dal latino *velox*, veloce, più *pedis*, genitivo di *pes*, piede - che funziona in acqua, dal greco *ydor*. Non sono meravigliose, le lingue morte? Puoi comporle come un puzzle.

— A me sembra piuttosto che servano per abbindolarci — protestò Maddie. — Ha fatto questo giro di parole quando poteva chiamare questo coso col suo vero nome.

— Un pedalò — gemette Quasar. — Non ci posso credere.

— Io amo il moto, prof, ma qui si esagera — considerò Shiva che, mano sulla fronte per proteggersi dal sole, cercava di avvistare l'isola scrutando l'orizzonte. — Non si vede nulla.

— Abbiate fede, figlioli — rispose Focussen, per nulla scoraggiato dalle facce dei ragazzi. — E soprattutto fiato. Di certo non vi aspetterete che sia io a pedalare, con i miei problemi alla schiena.

Neanche a dirlo, qualche minuto dopo erano in acqua impegnati a darci dentro sui pedali di plastica duri come macine di pietra. E per esse-

re *in* acqua, c'erano davvero, visto che il pedalò non era certo nuovo di zecca e imbarcava *ydor* da tutte le parti.

Comunque, come fu e come non fu, quando ormai Crève-Coeur era solo una striscia più scura all'orizzonte che avevano alle spalle, una macchiolina bruna apparve all'orizzonte che avevano davanti.

— La rotta è giusta, miei prodi — tuonò Focussen, pericolosamente in piedi a prua. — *Lascio una scia bianca e inquieta, acque pallide, facce più pallide, dovunque passo. Le onde invidiose si gonfiano ai lati per sommergere la mia traccia: facciano, ma prima io passo!*

— Wow, prof! Non la facevo un poeta — esclamò Shiva, pedalando con vigore.

— Macché poeta — mormorò Quasar, accanto a lei, che cercava di tenere i piedi sui pedali che vorticavano senza sosta. — È una battuta di Achab.

— Oh. È un tuo amico?

Quasar scoppiò a ridere nonostante il fiatone. — No. È un personaggio di *Moby Dick,* il romanzo di Melville.

Shiva lo guardò in cagnesco. — Va bene. Riderò anch'io quando tu non saprai dove mettere le mani sullo Space Messenger.

— Scusami tanto — si affrettò a dire Quasar. — È che mi sembra così strano che qualcuno non conosca *Moby Dick*. Io l'ho letto almeno cinque volte.

— Io ho letto cinque volte il *Manuale dell'Hacker Programmatore,* ma non per questo te ne faccio una colpa se tu non sai nemmeno cosa sia — replicò lei, pedalando più veloce.

Davanti a loro c'erano Maddie e Mark che pedalavano e sbuffavano come due locomotive. Man mano che la macchiolina scura all'orizzonte si ingrandiva e prendeva la forma di una specie di isola, sbuffavano più forte, forse nella speranza che lo stantuffare dei polmoni li facesse andare più veloci...

E finalmente approdarono.

L'isolotto non sembrava molto grande e bisognava stare attenti alla parte immersa, da cui affioravano rocce appuntite e arbusti lugubri, come se ci fosse una palude al posto della spiaggia.

— E c'è pure un vulcano, guardate — esclamò Shiva, già pronta all'avventura. Stava indicando la cima a forma di cono che si innalzava su un lato dell'isola e da cui usciva un filo di fumo. — Dite che erutterà?

— Non è un vulcano — valutò Maddie. — La linea del fumo è troppo sottile e regolare. Anche il colore non è quello giusto.

— Il che significa...? — chiese Shiva.

— Che abbiamo compagnia — concluse Focussen, tirando fuori dal suo zaino quella che sembrava una canna da pesca telescopica. — E che io starò qui a guardia del pedalò mentre voi affronterete tutti i pericoli da soli, come scritto nel regolamento.

Senza poter fare obiezioni, i ragazzi si addentrarono nell'isola, tenendo il fumo come riferimento. Ovunque passassero, c'erano tracce di Alphonse Duvargier.

Un totem mostruoso nascosto tra le fronde per poco non fece venire un infarto a Mark. Sotto c'era un targa con scritto: *Espressione artistica rupestre. A.D.*

Strani oggetti erano appesi agli alberi, come bottiglie acchiappaspiriti e ciondoli scacciaspiriti, quasi che Duvargier fosse indeciso se con gli spiriti voleva averci qualcosa a che fare oppure no.

E tanti cartelli indicavano le cose più disparate. *Albero Secco – di qua. Pozza putrida – di là.* E davanti a un ripido pendio: *Pendio delle pietre rotolanti.*

— Pietre rotolanti. Che sciocchezza, qualcosa rotola solo se qualcuno le fornisce la spinta necessaria a mettersi in moto... — enunciò Maddie.

Ma poi cominciarono ad arrampicarsi e scoprirono che il terreno era composto da milioni di piccole pietre tonde e lisce che franavano solo a guardarle.

— È come camminare sulle biglie! — si lamentò Mark, a cui il sudore aveva appannato gli occhiali. — Non c'era una strada alternativa?

— Sì — rispose Shiva, agile come sempre, mentre saliva senza sforzo apparente. — Dalla parte del cartello: *Palude velenosa – di qua*. La preferivi?

— Direi di no — gemette Mark.

Arrivarono in cima e fu come se ci avessero messo due giorni ad arrampicarsi, tanta era stata la fatica. Cercarono di non pensare a quando avrebbero dovuto rifare la strada al contrario.

Subito dopo, fu la volta di: *Fitta foresta*.

— Una fitta foresta di graminacee! — esclamò Mark. — ETCIÙÙÙÙÙÙ! ETCIÙ! ETCIÙ!

L'intero percorso fu allietato da un concerto di starnuti in do minore: l'allergia di Mark non gli dava tregua.

— Bravo, così adesso ci facciamo anche beccare da chiunque stia arrostendo pesce sul fuoco — sbuffò Maddie, annusando l'aria. Più si avvicinavano al fumo, più l'aroma di pesce era intenso.

E infine, il ponte sospeso.

— Questo è un classico — commentò Shiva, saggiando col piede le assi di legno marcio che stavano appese a distanze irregolari alle corde consumate dalle intemperie. — Mi chiedo se ci possa essere una scena di avventura senza un ponte sospeso.

— Io soffro di vertigini — annunciò Quasar, tremando. Sotto il ponte si apriva un crepaccio di almeno una ventina di metri.

— Da qui al massimo ti spiaccichi, se sai come cadere — disse Shiva, cercando di essere rassicurante.

Ma la verità era che se non avesse preso Quasar sulle spalle e lo avesse fatto arrivare sano e salvo dall'altra parte, non si sarebbero mossi di un millimetro.

— Non vorrete che venga a prendere anche voi — gridò quando furono dall'altra parte e videro Mark e Maddie che esitavano sul ciglio.

I due gemelli scossero la testa e mossero un passo, facendo cigolare tutta la struttura del ponte.

— Era così bella la rassicurante quiete della biblioteca — gemette Mark.

— Be', nessuna scoperta naturalistica né archeologica sarebbe possibile senza la fase esplorativa sul posto. Pensa a Darwin. Pensa a Livingstone. Pensa a...

— Perché non pensi a camminare e taci? — la interruppe suo fratello. Non voleva pensare

a Darwin. Un sacco di uomini del *Beagle* erano morti in quella spedizione. E qualcuno di sicuro, anche se non storicamente provato, su un ponte sospeso da qualche parte nella Terra del Fuoco.

— E adesso — esclamò Shiva quando finalmente, un secolo e mezzo dopo, i gemelli arrivarono dall'altra parte — direi che ci siamo.

Erano in cima al cono e il fumo era diventato più denso. Avanzarono tra i cespugli cercando di fare piano.

— Sento delle voci.

— Io sento puzza di pesce.

— Io sento una certa fame. Se avessero della pizza…

— Sssh, o saranno loro a sentirci.

Questi *loro* avevano voci familiari e parlavano una lingua strana. Anche i pesci messi a essiccare in cima a dei pali indicavano la presenza di esponenti di popoli che con la costa francese avevano poco a che fare.

Shiva avanzò cauta come una gazzella che fiuta il predatore. Fece cenno agli altri di aspettare. Scostò alcune fronde, sporse la testa e…

— Aaaaah!

Una faccia stava a due centimetri dalla sua e la scrutava con occhi gelidi. Una faccia conosciuta… una bellissima faccia che disse: — Þú?

Che sembrava uno sputo ma non lo era affatto.

Come il mitico Ulisse

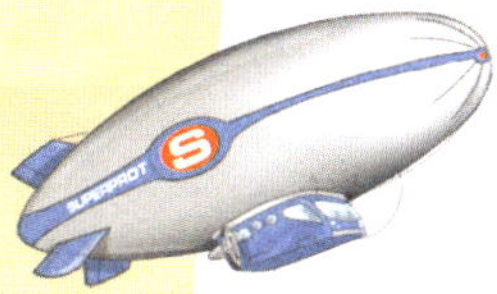

— Io Jane, tu Tarzan — disse Shiva, cercando di capire come fare gli occhi dolci in svedese.

Ma il ragazzo vichingo la guardò stralunato e alzò le spalle, prima di tornare dai suoi compagni di squadra e indicare lo Smart Team che sbucava dai cespugli.

— Beccati — disse Quasar. — E adesso cosa ci faranno?

— Non ne ho idea — mormorò Maddie. — Per ora ci fissano e annuiscono.

In effetti il gruppo vichingo non sembrava particolarmente turbato dalla presenza dello Smart Team.

Il ragazzo che piaceva a Shiva tornò sui suoi passi, reggendo quattro lunghi bastoni. Sorrise.

— Aðalgeir — disse indicandosi con la mano libera.

— Si sta presentando — esclamò Shiva. — SHIVA! — gridò, sbracciandosi come se quello fosse sordo e non straniero.

Aðalgeir annuì e poi le porse i bastoni. In cima a ognuno stava un pesce impalato e puzzolente. Il ragazzo fece un cenno con la mano verso la bocca come a dire: "Mangiate."

— Ehm, avrei preferito un mazzo di rose — disse Shiva. Porse un bastone a ognuno dei suoi compagni. — Meglio mangiare. Magari rifiutare nel loro Paese può essere un'offesa lavabile solo col sangue, come possiamo saperlo?

— O magari tu sei completamente intontita da questo tizio che ha il nome di un farmaco contro la tosse — protestò Mark, annusando il pesce con aria schifata.

Sbocconcellarono il dono vichingo, mentre Aðalgeir tornava dai suoi amici come se nulla fosse. Stavano evidentemente effettuando rilevazioni del suolo con congegni simili a metal detector.

— In pratica, ci hanno visti conciati in questo modo e ci hanno rifocillati — considerò Maddie, consapevole che dopo quella traversata nella boscaglia non dovevano avere un bell'aspetto. — E non sembrano preoccupati della nostra presenza.

— Generosi — disse Shiva.

— Presuntuosi! — replicò Mark. — Dobbiamo fargliela vedere. Saranno alti il doppio di noi, avranno il doppio dei muscoli, ma qui stiamo parlando di *cervelli*, e i nostri valgono quanto i loro.

— Ben detto! — esclamò Quasar, che accanto ad Aðalgeir si era sentito un puffo.

Maddie tirò fuori il suo taccuino e tutti si sedettero sull'erba a raccogliere le idee.

— Dunque, la frase finale dell'enigma è questa: *Badate bene, però, poiché senza l'aiuto di Boreas mai troverete il bizzarro, profondo colore che il gran segreto vi potrà svelare* — lesse dai suoi appunti.

— Ooooh — si lamentò Shiva. Preferiva i ponti sospesi e i vichinghi affumicati.

— Siamo ancora nella Rosa dei Venti — disse Mark.

— Io pensavo fossimo su un'isola.

— Sì, ma qui parla di Boreas, che è come Caurus — spiegò lui.

— Cioè, inventato duemila anni fa da un popolo superstizioso? — intervenne Quasar con una risatina a cui si unirono anche Maddie e Shiva.

— No. Sono uguali, sono due venti — specificò Mark. — Solo che Boreas soffia da nord.

— E infatti i vichinghi sono nel punto più a nord dell'isola — osservò Maddie. — Ma non stanno cavando un ragno dal buco.

— Forse non stanno guardando dalla parte giusta.

In effetti, con i loro sofisticati metal detector, avevano lo sguardo fisso a terra.

— Facciamoci un giro senza dare nell'occhio — propose Maddie. — Aggiriamo la cima.

Così fecero, ignorati dalla squadra avversaria.

Inciso su una roccia, c'era un altro segnale di Alphonse. *Nord. Di più.*

— Vedete? È di qua — esclamò Maddie, imboccando il sentierino indicato dal cartello. In realtà, più che un sentiero era un nastro di terra tra gli arbusti largo come una striscia di carta igienica. Il rumore del mare era fragoroso, doveva essere vicino.

— Troppo vicino! — gridò Maddie quando il sentiero si interruppe bruscamente su uno strapiombo a picco sulle onde.

Gli altri frenarono giusto in tempo e Quasar chiuse gli occhi, mormorando: — Raccontatemi quello che succede.

— Succede che il nord più nord è quello spuntone di roccia laggiù — disse Shiva, guardando preoccupata una specie di trampolino di pietra dall'aria poco rassicurante.

— Io mi arrendo — mormorò Quasar, sedendosi e aggrappandosi alla radice di un albero.

— Io no — ribatté Shiva. Tirò fuori una lunga corda dal suo zaino e ne porse un capo agli amici. L'altro se lo legò in vita. — Io vado laggiù e voi mi reggete con questa. Chiaro?

I compagni annuirono, felici che fosse lei a occuparsi della faccenda, ma anche preoccupati.

Strinsero la corda con tutte le loro forze, puntando i piedi su radici o rocce ben stabili. Erano pronti. E anche Shiva, che cominciò a scendere come se nella vita non avesse fatto altro che free climbing.

— Ci sono! — esclamò. — Ma qui non c'è proprio niente. — Si diede un'occhiata intorno e scrutò l'acqua cristallina poco più in basso. — No, mi sembra di vedere qualcosa laggiù, tra gli scogli.

Si tolse i pantaloni e le scarpe e prima che i suoi com-

pagni potessero dirle "SEI PAZZA?" si era già tuffata in perfetto stile a candela. Fece *pluf* senza sollevare uno schizzo d'acqua e riemerse qualche secondo dopo reggendo qualcosa in mano.

— Questa sì che è bella! — gridò, sputando acqua.

— Cosa hai trovato? — chiese Maddie sporgendosi. Da lassù non riusciva a vedere bene. Qualcosa di grigio. Un monile d'argento? Una roccia su cui erano intagliati degli indizi?

— Ostriche! — rispose Shiva. — È il paradiso di Focussen. Ma non il nostro, mi dispiace. Abbiamo fatto un buco nell'acqua, è proprio il caso di dirlo.

Gli altri risero della battuta nonostante la delusione.

Una volta che Shiva fu risalita, decisero di ritornare al campo dal professore e di montare le tende per la notte. Il sole calava velocemente e a nessuno di loro andava di farsi cogliere dalle tenebre nel bel mezzo di un bosco ostile.

Il professor Focussen li accolse con nutribarrette al gusto di pesce affumicato che i ragazzi, affamati com'erano, mangiarono comunque. E poi bevvero due litri di acqua a testa e si lavarono i denti tre volte nel tentativo di eliminare il saporaccio. Infine montarono le tende e si infilarono dentro a dormire sui materassini speciali che Humperdinck aveva consegnato loro prima della partenza: sottili come lenzuola, soffici come venti materassi.

— Aaaah — esclamò Shiva. — Non svegliatemi fino a domani. E solo se è strettamente necessario.

Un secondo dopo, stava ronfando beatamente.

Gli altri tre, invece, non riuscirono a prendere sonno così in fretta.

— Cosa ne pensate delle ricerche di oggi? — chiese Maddie per distrarsi.

— Che a nord non c'era niente — rispose Mark sbadigliando a fauci spalancate.

— Io stavo pensando... e se dovessimo andare a nord partendo dall'isola? — intervenne Quasar. — Magari l'indizio non è sull'isola, ma *accanto* all'isola. O nelle vicinanze.

— Stai suggerendo di rimetterci su quel pedalò? — gemette Maddie.

— Andrebbe fatto un tentativo — rispose Quasar.

— A quanto pare siamo come il mitico Ulisse, che...

Silenzio nel buio.

— Mark?

— Che ti prende?

Zzzzzzzzzzzzzzzzzz

Va' dove ti porta Boreas

Maddie stava in piedi a prua, investita in piena faccia da spruzzi d'acqua salmastra.

— Stai attenta con quell'arpione, il momento è vicino — disse una voce sconosciuta.

Maddie si voltò di scatto. — E tu chi sei? — chiese alla figura vestita di nero che reggeva il timone e cercava di tenere dritta la barca tra le onde alte due metri.

— Sono il capitano Achab.

Lei lo osservò un momento, anche se la sottile nebbiolina di acqua vaporizzata rendeva scarsa la visibilità. — Non sembri affatto il capitano Achab — osservò. — Mi ricordi più Tommy il bullo.

— Non è tempo di discutere. *Lei* è qui. E ci aspetta.

Il tono solenne di Achab-Tommy la indusse a scrutare l'acqua davanti a sé. Poi ci pensò: stavano parlando di una balena? Era per questo che aveva un arpione in mano?

Si voltò di scatto, l'espressione furiosa. — Io non ho nessuna intenzione di arpionare una balena! — gridò. — È una specie protetta, nel Pacifico occidentale sono rimasti solo cento esemplari di balene grigie e...

— E tu stai facendo un'inutile ecosolfa — la interruppe il capitano. — Guarda davanti a te.

Maddie si voltò, i lunghi capelli neri che le finivano sul viso a causa del vento sferzante. — Oh, mio Dio.

Ce l'aveva davanti, enorme e maestosa, ma non era sicura che un arpione avrebbe davvero potuto scalfirla. O almeno fermarla.

— Ma questa è... è...

— Sì. Lo è.

Un'ostrica gigante era emersa dalle acque con le valve spalancate come fauci affamate.

— Sooooooooono veeenuta a veeendicare le

mie soreeeeelle! — tuonò avvicinandosi. — Voi le aveeete mangiateee.

— Ma io non c'entro! — protestò Maddie. — È stato il professor Focussen!

— Maddie?

— È stato Focussen, ti ho detto!

— Maddie. Ti vuoi svegliare? Stai delirando.

Maddie aprì gli occhi. Sferzava ancora il vento, facendo sbatacchiare le pareti di tela della tenda, ma lei era all'asciutto dentro il sacco a pelo.

— Cavoli, che incubo — gemette, riprendendosi.

Erano tutti svegli, nonostante fossero le prime luci dell'alba.

In quel momento si udì un assordante squillo di tromba che fece venire un infarto alle rane lì intorno. — Giù dalle brande! Il sole è sorto! È ora di muoversi, forza, forza, forza!

I ragazzi sgusciarono fuori dalla tenda e videro Focussen particolarmente arzillo, in una tenuta verde militare con tanto di berretto stile marines da cui fuoriuscivano schizzati i suoi riccioli rossi.

— Camper-cottero in arrivo — annunciò indicando nel cielo un puntino che si avvicinava facendo il rumore di un insetto gigante. — Humperdinck è decollato in un battibaleno, giusto il tempo di prenderci qualche croissant caldo con la crema di ciliegia.

YUM, fu il pensiero unico di Maddie, Mark, Shiva e Quasar.

Notarono che il camper-cottero – il camper dotato di turboelica ricavato dalla cabina di comando del dirigibile – funzionava perfettamente e che il supposto sabotaggio dei KZ non si era manifestato in alcun modo. Humperdinck atterrò in mezzo alla palude grazie a zampe di ragno meccaniche che uscirono provvidenzialmente da sotto il velivolo.

Ci volle qualche minuto per smontare le tende e recuperare la roba, ma presto furono tutti a bordo, pronti a portare a termine la missione.

— Dobbiamo andare incontro a Boreas — disse Quasar. — Quindi facciamo rotta verso nord.

— Rotta verso nord — ripeté Humperdinck, strizzandogli l'occhio. Con un cenno del mento gli indicò una scatola in un angolo. Quasar capì al volo: lo Space Messenger! Lo aveva portato! Poteva ascoltare la registrazione di un giorno intero… ma non prima di aver aiutato i suoi compagni con la Mystery Race.

Subito si sollevarono in aria. Humperdinck sorvolò l'isola e quando furono sulla cima più alta, gli svedesi alzarono il naso attirati dal rumore del camper-cottero. Sbraitarono qualcosa nella loro lingua, ma a Maddie non sfuggì che Aðalgeir faceva ciao-ciao con la mano e sorrideva. Né che Shiva era diventata rosso gambero e teneva la faccia incollata al finestrino: il che non doveva darle un aspetto particolarmente attraente.

Sorvolare il mare aperto era un'esperienza inebriante.

Solo mare.

Blu.

Mare.

Blu.

Mare.

— Mio Dio, che noia infinita! — gemette Shiva. — Sembra uno schermo del computer con un solo, gigantesco pixel!

— La ricerca è un delicato momento di concentrazione imprescindibile da qualsiasi scoperta scientifica — replicò il professor Focussen in tono saggio, mentre giocava a un videogioco francese nuovo di zecca in cui si dovevano abbattere le ostriche assassine a colpi di baguette.

— Ha ragione — convenne Mark, senza distogliere lo sguardo da quello che scorreva sotto di loro.

Mare.

Blu.

Mare.

Blu.

Mare.

Verde.

Mare...

— Professor Humperdinck! — gridò Maddie. — Torni subito indietro. C'è qualcosa, laggiù.

Humperdinck obbedì e rimase sospeso su una

zona del mare che spiccava nel blu grazie all'insolito color verderame.

— Molto affascinante — sospirò Shiva, non vedendo nulla che attirasse la sua attenzione.

— Lo è — esclamò Maddie. — A questa latitudine non può trattarsi di alghe tropicali.

— Te lo dico in inglese: *so what*?

— E allora non può trattarsi che di ossido di rame — concluse Maddie, scrutando tra le onde nella speranza di vedere la sagoma che cercava...

— Se tu potessi illuminarci, te ne saremmo grati — sbuffò Mark, seccato che sua sorella avesse trovato qualcosa di interessante in mezzo al nulla infinito.

— *Perdida en el mar durante una tormenta, mi alma inundada ya no aguanta maaaas...* — Focussen si era messo a cantare con la voce in falsetto.

— Ma che gli prende? Che è 'sta roba melensa? — esclamò Shiva.

— La canzone del naufrago — disse Quasar, che l'aveva sentita al villaggio vacanze in Spagna, l'anno prima.

— Il professore l'ha capito — spiegò Maddie. — L'acqua è verde perché c'è l'ossido di rame. E il rame c'è perché là sotto dev'esserci il relitto di una nave.

A sentire quelle parole, il volto di Mark s'illuminò all'improvviso. I suoi occhi sognanti fissarono un punto imprecisato oltre la testa della sorella.

— Un relitto sul fondo del mare… Wow!

Un pesce di nome Shiva

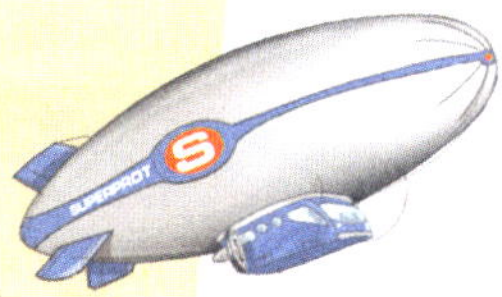

Dopo qualche settimana passata a contatto con il professor Focussen, Quasar, Shiva e i fratelli Foster non si stupivano praticamente più di nulla. E infatti non si stupirono quando Humperdinck, aprendo con gesto teatrale uno scomparto del camper-cottero, mostrò loro quattro mute da sub nuove fiammanti. E c'erano anche maschere, boccagli, bombole, pinne. Un'attrezzatura da fare invidia al grande esploratore dei mari Jacques Cousteau.

— Ehm... Veramente io non ho mai fatto immersioni subacquee — fece presente Mark.

— Imparerai oggi — rispose Shiva, lapidaria. — È semplice, basta che non ti dimentichi di respirare mentre sei là sotto!

Il professor Focussen approvò con una potente scrollata di zazzera. — Esatto! Il segreto è respirare e tenersi alla larga dai pescecani che vogliono farsi uno spuntino con le tue chiappette! — aggiunse.

Mark deglutì a fatica.

All'incirca un'ora più tardi, tuttavia, il giovane archeologo in erba era bardato da perfetto palombaro, proprio come gli altri componenti dello Smart Team. Il grande oblò al centro del pavimento del camper-cottero si aprì con un rumore meccanico. Tra i quattro ragazzi e il blu dell'oceano ora non c'erano più barriere.

— Buona fortuna e salutatemi le stelle marine! — disse il professore, agitando una baguette farcita di foie gras.

Shiva, provetta *scuba diver* dall'età di sei anni, mostrò il pollice alzato e, senza pensarci un secondo di più, si tuffò.

Maddie, Mark e Quasar videro uno sbuffo di schiuma e poi le acque dell'oceano che si richiudevano inghiottendo l'amica. I loro scongiuri rimasero intrappolati nella plastica dei boccagli.

Mark si raccomandò a Poseidone, ai Tritoni, alle Nereidi e a tutte le altre divinità marine che riuscirono a venirgli in mente e, chiusi gli occhi, si tuffò. Maddie, non avendo nessuna intenzione di fare la figura della fifona con suo fratello, lo seguì dopo un istante. Quasar, invece, esitò qualche secondo sull'orlo dell'apertura che si spalancava sul blu. Si ritrovò a pensare che tuffarsi negli abissi in fondo assomigliava un po' a lanciarsi nelle profondità dello spazio. Da lì il pensiero volò subito allo Space Messenger e ai segnali che stava sparando nel cosmo ormai da diverse ore. Chissà se i suoi genitori li avevano captati. Chissà se avevano risposto...

Alla fine capì che era meglio smettere di pensarci e, fatto un respiro profondo, si tuffò anche lui nel blu dell'oceano.

I fratelli Foster videro una frizzante colonna di bollicine d'ossigeno prodotta dall'entrata in acqua di Quasar. Shiva, invece, non vide nulla perché la colonna di bollicine finì dritta sulla sua testa, e subito dopo un paio di pinne le sbatacchiarono sul naso. Spostatasi con un atletico colpo di reni, risalì fino a trovarsi faccia a faccia con Quasar e, da dietro la maschera, gli lanciò un'occhiataccia dal significato inequivocabile: "Se lo fai un'altra volta ti stacco le orecchie!"

Dopo i primi momenti di tensione, la missione subacquea si trasformò in un'esperienza assai divertente. Guidati dai movimenti flessuosi di Shiva, che sembrava essersi trasformata in una creatura acquatica, i ragazzi dello Smart Team raggiunsero il fondale dove, tra praterie di alghe ondeggianti e bizzarre conformazioni rocciose, pesci di varie forme nuotavano distratti.

Ora non restava che trovare un relitto placidamente adagiato sul fondo del mare. Seguirono le chiazze color verderame che si facevano sempre più fitte. Dopo qualche minuto raggiunsero un punto nel quale l'intero fondale aveva assunto quell'incredibile sfumatura, che sembrava rendere ogni cosa del tutto irreale.

Maddie fu la prima ad accorgersi di una sagoma dritta e regolare che sbucava tra le alghe.

— Bghlurb, ghlurubghlurb ghlurbrg! — esclamò, producendo una piccola scia di bollicine. "Guardate, è lo scafo di una nave!" era la frase che avrebbe voluto pronunciare, ma con il boccaglio dell'ossigeno in bocca non era esattamente una cosa semplice.

Si sbracciò per attirare l'attenzione in qualche modo, ma si accorse che gli altri erano intenti a osservare *qualcosa* che si muoveva sul fondale.

Per qualche minuto tutto fu MOLTO confuso.

Dapprima solo una nuvola di finissima sabbia si sollevò dal fondale.

Poi Mark si mise a mulinare le braccia nell'acqua come un pazzo.

Dopodiché tutto sembrò sparire, travolto dalla nuvola di sabbia.

Proprio allora Maddie sentì qualcosa di viscido che la sfiorava e guizzò via terrorizzata.

Shiva, cercando di uscire dalla nube di acqua torbida, vide un saettante tentacolo viola muoversi sotto di lei.

Un piovra gigante li aveva attaccati!

Si diede tre secondi per cercare di ricordare se

al corso avanzato di immersione, l'estate precedente, le avessero insegnato qualcosa su come affrontare l'attacco di una piovra. E poiché la risposta fu NO, decise di fare di testa sua.

Con una progressione di colpi di pinne sempre più potenti, si lanciò a tutta forza verso il fondale.

Non appena i tentacoli della piovra calarono su di lei, Shiva cominciò a roteare con forza la torcia subacquea come una spada sguainata.

Nonostante il notevole dispendio di energie, la presa dei tentacoli dell'enorme piovra si faceva sempre più stretta e soffocante. Shiva sentì che le braccia quasi non si muovevano più.

Ma un secondo più tardi vide accanto a sé le sagome scure delle tute dei suoi amici. Erano scesi sul fondale per aiutarla. Quasar e Maddie persero una pinna nella lotta, Mark bevve qualche sorsata d'acqua di mare, ma alla fine la piovra sembrò averne abbastanza e si allontanò in un turbinare di tentacoli.

Solo allora Maddie riuscì a indicare agli altri la sagoma avvistata poco prima e, in poche bracciate, i ragazzi si trovarono a fluttuare accanto al relitto di una vecchia nave mercantile, completamente incrostata di alghe e piccole conchiglie.

Cominciarono a girare intorno, e Shiva si lanciò in una perlustrazione degli anfratti più nascosti, ma non trovò nulla, fatta eccezione per un pesce palla che se ne uscì guizzando, apparentemente molto disturbato da quell'intrusione.

Una rapida occhiata all'orologio bastò per capire che nelle bombole c'era ancora ossigeno per non più di dieci minuti. Tornò allora dai suoi amici allargando le braccia, sconsolata. La domanda che si facevano tutti era la stessa: dove accidente era nascosto l'indizio di Braynes?! Riunita la formazione a quattro, i ragazzi fecero un altro giro intorno al relitto. All'improvviso Shiva si sentì afferrare una gamba e si girò col cuore in gola, pensando a un nuovo attacco di quella maledetta piovra.

Invece era Maddie che cercava di bloccarla. Poco più indietro, Quasar si era infatti fermato e dal suo boccaglio uscivano gorgoglianti fiotti d'ossigeno. Sembrava molto agitato.

Maddie, Mark e Shiva lo raggiunsero e guardarono ciò che l'amico stava indicando loro: vicino alla prua della nave, lo spesso manto di alghe era ondulato in un modo insolito. Come se...

Otto mani si misero furiosamente a strappare alghe dalla chiglia incrostata. Pochi secondi e fu chiaro che Quasar aveva visto giusto! Le sagome arrugginite di alcune lettere dell'alfabeto cominciarono ad apparire sotto le alghe.

Montezuma! Il nome di un antico imperatore azteco.

Ed evidentemente anche il nome di quel mercantile carico di rame, affondato tanti anni prima.

Ma soprattutto, doveva essere la soluzione del secondo enigma della Mystery Race!

Un paio d'ore più tardi, lo Smart Team si poté finalmente abbandonare a un più che meritato relax. All'urlo di "Per il vecchio Montezuma! Hip-hip urrà!", il professor Focussen aveva guidato il camper-cottero fino alla spiaggia dove era ancorato il pallone del pirigibile. Un rapido controllo del professor Humperdinck permise di scoprire che quelli del gruppo KZ lo avevano effettivamente sabotato.

— A quanto pare il sistema pirotecnico è del tutto fuori uso — annunciò l'assistente del professor Focussen.

— Cosa?! — esclamò Maddie, incredula. — E tutto il resto invece funziona?

— Come un orologio svizzero, mia cara — confermò Humperdinck.

— Che fessi! — commentò Shiva scoppiando a ridere. — Credevano di averci messi ko e invece hanno guastato solo la macchina sparamortaretti!

— Non erano mortaretti — la corresse Focussen,

con aria grave. — Ma spettacolari fuochi d'artificio prodotti da me personalmente! Avevo proprio sperato di salutare la Francia con una certa *grandeur* — aggiunse poi. — Vorrà dire che spareremo i nostri fuochi quando saremo tornati a casa!

E subito si mise alla guida del pirigibile. Il veicolo volante a forma di supposta si alzò in volo lungo la linea della costa e poco dopo scomparve oltre il manto grigio delle nuvole.

I fratelli Foster, che avevano fatto più attività fisica in quegli ultimi due giorni che in tutti i due anni precedenti, crollarono di schianto nelle loro cuccette.

Anche Shiva, nonostante continuasse a ripetere il contrario, si sentiva davvero stanca. Quando finalmente si sistemò nella sua cuccetta, un piacevole senso di torpore l'avvolse tutta. I pensieri nella sua testa si fecero sempre più strambi e sconnessi, trasformandosi lentamente in un sogno. Un bizzarro sogno nel quale fluttuava tra le stelle, circondata da strani rumori e da voci che sembravano arrivare dallo spazio più profondo...

— Ehi! Un attimo! — esclamò, alzandosi a sedere sul letto con uno scatto improvviso.

Quei suoni non erano un sogno. Anche ora che si era svegliata, le sue orecchie potevano udirli chiaramente. E, per strano che potesse sembrare, provenivano... dal bagno del pirigibile!

Shiva lanciò un'occhiata alla cuccetta di Quasar accanto alla sua. Era vuota. E finalmente tutto le fu chiaro. Scese dal letto con un balzo e bussò alla porta del bagno.

Da dentro continuavano ad arrivare fruscii e suoni gracchianti misti a voci confuse e lontane.

— Ehi, Quaz! — chiamò.

Ma nessuno le rispose.

— E dai, Quaz, apri! Ricordati che io ti ho aiutato a rimettere in funzione quel catorcio!

Finalmente la porta si aprì.

Quasar era seduto per terra e armeggiava con lo Space Messenger, appoggiato sulla tazza del water. Era pallido e aveva gli occhi lucidi.

— Senti! Hanno risposto! I miei hanno risposto! — disse.

E schiacciando il tasto PLAY del lettore mp3 installato da Shiva, fece partire la registrazione.

Si udì una voce debolissima, persa fra tremolanti rumori di fondo.

— Unità A-64… Unità A-64… coordinate… contatto… rispondete!

A quel punto la voce scompariva in un fracasso simile a cento uova che friggano tutte insieme.

— Si sente male ma...

— Ma?

— Quella è la voce di mio papà, ne sono sicuro! E A-64 è la sigla della loro navicella... Insomma, ti rendi conto? Ora potrò dire alla NASA che sono ancora vivi e che hanno bisogno di aiuto per rientrare sulla Terra. Ce l'ho fatta, Shiva! Non è incredibile? — esplose infine.

— Non è affatto incredibile — lo freddò lei.

E subito si ritrovò addosso lo sguardo sorpreso del ragazzino.

A quel punto lo guardò dritto negli occhi e sorrise. — Noi dello Smart Team ce la facciamo sempre! Giusto?

INDICE

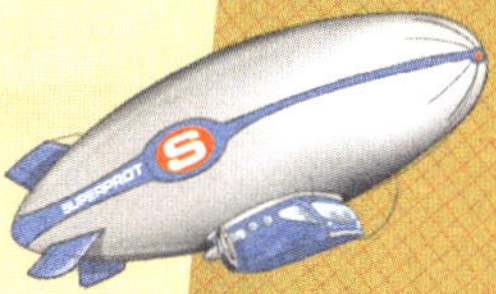

Focus Junior
I · ROMANZI · DEL
PROFESSOR FOCUSSEN
1. LA STELLA DEL NORD
MONDADORI

1. LA STELLA DEL NORD

Le vacanze estive si prospettano una vera noia per i gemelli Mark e Maddie Foster, quando ricevono una misteriosa lettera azzurra: sono stati ammessi nello Smart Team, la squadra speciale per giovani geni diretta dallo strampalato, stralunato e sgangherato Professor Focussen! La Mystery Race, la gara che li porterà sulle tracce dei più grandi misteri scientifici e dei più oscuri segreti della Storia, sta per cominciare. Mark, Maddie e i loro amici sono pronti! Riusciranno a risolvere i complicati enigmi contenuti nel Taccuino Blu prima delle altre squadre?

Non stai più nella pelle
perché vuoi leggere la terza avventura
della Mystery Race?
Rientra nella tua pelle
e pazienta fino a settembre.

Professor Focussen

PROVA D'ACQUISTO
978-88-04-61819-5
LA ROSA
DEI VENTI